D1937687

VERLAG
FRITZ
MOLDEN

Gertrud Fussenegger

KAISER, KÖNIG, KELLERHALS

HEITERE ERZÄHLUNGEN

Mit 12 Papierschnittdrucken von
Franz von Zülow

VERLAG FRITZ MOLDEN
WIEN–MÜNCHEN–ZÜRICH–NEW YORK

DIE AUSWAHL DER ILLUSTRATIONEN VON FRANZ VON ZÜLOW
ERFOLGTE MIT FREUNDLICHER GENEHMIGUNG
VON THUSNELDA, JOACHIM UND WALTRAUD ZÜLOW.

1. AUFLAGE

VERLEGT VON MOLDEN VERLAG WIEN GESELLSCHAFT M.B.H.

UMSCHLAG UND AUSSTATTUNG: HANS SCHAUMBERGER, WIEN
TECHNISCHER BETREUER: FRANZ HANNS
SATZ: RSB FOTOSATZ GESELLSCHAFT M.B.H., WIEN
DRUCK: ASTORIA, WIEN
BINDEARBEIT: WIENER VERLAG, HIMBERG
ISBN 3-217-01259-3

INHALT

I.

Der Zeppelin

Der alte Jantsch aus Motzing war ein Sitzriese, was freilich noch nicht heißen soll, daß er im Sitzen den Eindruck eines Riesen gemacht hätte, aber wenn er stand oder ging, war er auf seinen kurzen krummen Beinchen beinahe ein Zwerg, darum empfand er es als bitteren Hohn, wenn man ihn einen *Sitzriesen* nannte. Bitterkeit war dem alten Jantsch schon lange ein gewohntes Gefühl geworden, er hatte in seinem Leben auch wirklich wenig Glück gehabt. Als Kind war er skrofulös gewesen, als Geschäftsmann rasch in Konkurs geraten. Er war mit einer Frau verheiratet, die ihm zehn Kinder gebar und daneben eine Werkstatt betrieb, in der sie Totenkränze und Brautschmuck verfertigte. Freilich warf dieser Betrieb nicht viel ab, denn weder in Motzing noch in den benachbarten Orten Otzing und Plotzing wurde genug gestorben, geschweige denn geheiratet; und als der alte Jantsch versuchte, als Fischer sein Glück zu machen, brach eine Fischpest aus in der Motznach, in der Otznach und der Plotznach, und damit saß er wieder auf dem trockenen und konnte durch die Finger schauen.
So war es kein Wunder, daß er, manchmal von Trübsinn befallen, nur noch ein einziges ergiebiges Vergnügen kannte, das Vergnügen nämlich, seine Mitmenschen zum besten und an ihren eigenen Schwächen zum Narren zu halten.
Es war etliche Jahre vor dem letzten Krieg, und wie jede Zeit hatte auch die Zeit damals ihr großes Wunderspielzeug, den *Zeppelin*. Deutschland hatte ihn gebaut, ein *Riesending*. Wozu es gut sein sollte, das wußte niemand so recht, aber es war eben ein Riesending. Es schwebte am Himmel, es fiel nicht herunter, es flog sogar, wohin man es lenkte. Ein Graf

hatte es erfunden, ein Doktor hatte es erbaut, die ganze Nation hatte Geld dafür gespendet. Es war weltberühmt, sogar in Motzing. Man sprach davon beim Brückenwirt, beim Hirschenwirt, im Pfarrhof. Irgendein Motzinger hatte den Zeppelin einmal über München gesehen: Der Mann wurde bestaunt: So ein Glückspilz! In der Zeitung wurde berichtet, wohin sich das Luftschiff jeweils bewegte: Neulich reiste es nach Berlin, demnächst sollte es nach Amerika fliegen.

Über Motzing würde es natürlich nie erscheinen.

Aber eines schönen Junitages klebte ein Zettel im Kasten am Gemeindehaus: Am nächsten Samstag um 3 kommt der Zeppelin nach Motzing – keine Unterschrift, kein Stempel. Basta. – Nächsten Samstag um drei! Das war eine gute Zeit. Da waren die Männer frei, die sonst nach Otzing in die Fabrik fuhren. Da hatten auch die Weiberleut' ihre Stuben und Küchen schon fertiggeputzt. Die Kinder hatten keine Schule. Da konnte alles, was in Motzing kreuchte und fleuchte, nach dem Zeppelin Ausschau halten.

Freilich, einige Leute meldeten Bedenken an. Wer hat den Zettel geschrieben, wer in den Kasten gehängt? Der Bürgermeister? Nein. Der Pfarrer? Nein. Auch nicht der Lehrer. Wer konnte denn hier in Motzing davon Kenntnis haben, daß der Zeppelin des Weges kam? Gerätsel hin, Gerätsel her – beim Hirschenwirt, beim Brückenwirt, im Pfarrhof.

Sitzt der alte Jantsch daneben, kommt ihn das Grinsen an – und rasch hebt er sein Krügel unter die spitze Nase und nimmt einen Schluck.

Am Freitag ist man in Motzing schon sehr aufgeregt. Aus welcher Himmelsrichtung wird der Zeppelin erscheinen? Und dann: Wer wird ihn als erster sichten? Der Pfarrer stellt ein paar junge Burschen an, auf dem Kirchturm zu passen. Sobald sie den Zeppelin ausmachen, sollen sie eine Fahne entrollen. Dann darf der Mesner die Glocken läuten. Hoffentlich ist gutes Wetter! Bei Wind oder Sturm bleibt der Zeppelin womöglich zu Hause in seinem schützenden Hangar. Die erfahrensten Wetterfrösche werden befragt: Wie wird's denn morgen?

– Gut, sagen die einen. – Mmh, nicht allzu gut, sagen die anderen. Grund zu neuer Aufregung.

Der alte Jantsch lacht still in seinen Bierschaum.

Endlich ist der Samstag da. Die Kinder kommen um elf aus der Schule und wollen gar nicht mehr heim zum Essen. In Gruppen ziehen sie hinaus auf den Kreuzberg, von dort, behaupten sie, kann man noch weiter sehen als vom Kirchturm. Die Bauern beeilen sich bei der Arbeit, desgleichen die Weiber. Der Forstmeister hat seinen besten Trieder an den Hals gehängt, er wird glühend beneidet, und der alte Lehrer, dessen Brillen immer so trüb und schmutzig sind wie Stallfenster, hat sie heute frisch geputzt und funkelt damit durch die Gegend. Auf dem Dorfanger spaziert man schon dutzendweise herum. Die Uhrzeiger drehen sich langsam. Bald ist es drei.

Der alte Jantsch beißt aufgeregt auf sein Pfeifenmundstück. Ihm klopft das Herz, ihm ist so hohl im Magen. Hat er sich nicht doch zu weit vorgewagt mit diesem Zeppelin? Aber da sieht er seinen alten Feind, den Müllerbauern, am Zaun stehen und den Himmel mustern, und Schadenfreude schießt ihm ein in Herz und Nieren und kitzelt ihm die Kehle zu lautlosem Kichern: Ja, warte nur! – und er sieht die Frau Bürgermeister im Fenster liegen, dick und glänzend wie ein Popanz, und schwenkt höhnisch den Hut: Ja, glotze nur! – und er sieht auch den Pfarrer auf dem Friedhof hin und her gehen zwischen den Gräbern mit wehender Soutane wie ein Feldherr vor der Schlacht und hinaufspähen zum Turm, ob sich die Fahne noch nicht entrolle; und plötzlich fällt es dem alten Jantsch ein: Er will's den anderen zeigen, daß *er* sich nicht zum Narren machen läßt wie sie, großtun will er nachher damit und es den anderen vorhalten: *Er* war gewichst und ist nicht aufgesessen, und so läuft er auf den Pfarrer zu und sagt: – Wer glaubt, wird selig, Hochwürden, ich glaub's nicht! – und dann schwenkt er zum Brückenwirt ein.

Im Flur ist niemand, auch die Stube ist leer, und in der Küche sitzt nur die schwarze Katze auf dem warmen Herdrand und macht grüne Augen. Obwohl der Jantsch weiß, daß niemand ihn hört, ruft er doch nach den zwei Menschern, die hier sonst bedienen, und brummt ungnädig, daß keine kommt. Schließlich wirft er Hut und Stock auf den Tisch, daß es poltert: So! So! Hier will er sitzen, bis es draußen vorbei ist, bis sie zurückkommen, die anderen, dummen, Mann für Mann, mit langen Gesichtern und hängenden Ohren, wie die begossenen Pudel, und dann will er, Jantsch, sich lustig machen, daß *sie* dem Zettel geglaubt haben, dem windigen Wisch.

Und eine Weile bleibt es auch wirklich ganz still, drinnen und draußen, denn Erwartung ist ja immer still, tritt leise auf, hält den Atem an. Aber dann – soeben setzt die Perpendikeluhr über der Schank heiser wie immer zum Viertelstundenschlag an – Viertel nach drei –, wobei sie wie immer um ein paar Minuten vorausgeht, da ist draußen vor dem Wirtshaus etwas los. Irgendwer schreit etwas, der Schrei pflanzt sich fort, da, dort, in hellen und tiefen und kreischenden Stimmen, sie schreien ein Wort, immer dasselbe Wort, irgend jemand rennt den Berg hinauf – und gleich darauf fängt die Glocke zu läuten an.

Der alte Jantsch in der leeren Wirtshausstube hebt den Kopf, richtet sich auf, schiebt sich nach vorn über den Tisch, stemmt sich hoch gegen das Fenster, immer noch höher, der

Sitzriese, dabei steht ihm der Mund offen, die Augen treten aus den Lidern hervor, und auf einmal japst er und sinkt zusammen. Und sein Gesicht schlägt auf den Bord.
Aber dann, eine Viertelminute später, die Glocke läutet noch immer, und das Geschrei hat jetzt viele Stimmen, da kommt er wieder zu sich, rafft sich auf, rennt hinaus, ohne Stock, ohne Hut, rennt und stolpert auf seinen kurzen krummen und schwankenden Beinchen den Bachberg hinauf, an der Kirche vorbei und dort, wo die Straße umbiegt zum Oberdorf, sieht er den *Zeppelin!*
Der Zeppelin steht im Südosten über den Otznacher Hügeln, ein Stück unter den Wolken, die weiß und blau mit dunklen Bäuchen und glänzenden Zackenrändern im Westwind ziehen. Da hängt er am Himmel, der Zeppelin, lang und schlank wie eine in mattes Silberpapier verpackte Zigarre. Zwei, drei Sekunden sieht es so aus, als stünde er still, dann aber wird es deutlich, daß er sich bewegt, er gleitet vor, wendet die Schnauze der Motznach zu, dreht bei, verkürzt sich, kommt näher, näher, wird schrecklich groß.
Schon unterscheidet man Einzelheiten: Die Kabine unter dem Zeppelinbauch, von Luken getüpfelt, die Steuerflosse dahinter, die Rückenflosse darüber, und man hört auch schon das Motorengebrumm über dem Glockenschall. Pfeilgerade auf Motzing zu kommt der Zeppelin geflogen, jetzt ist er über der Au, jetzt über dem Anger, und nun schneidet er knapp über dem Kirchturm über das Dorf hinweg. Ein paar Atemzüge lang streift sein Schatten vorüber, er ist anders als ein Wolkenschatten, eiliger und kompakter – und nun blendet die Sonne und wirft Blitze um seine Flanken.
Wie er dann wieder austritt aus der Strahlengarbe, ist er schon kleiner geworden und beinahe filigran. Das Motor-

brummen läßt nach, nur die Glocke klöpfelt noch immer. Jetzt hört man nur noch die Jugend schreien, die ganze Schuljugend von Motzing, sie kommt in hellen Scharen vom Kreuzberg heruntergelaufen, querfeldein, als wollte sie dem Zeppelin nachrennen wie einem riesigen entkommenen Papierdrachen. Doch da prallen sie an das Ufer der Motznach, da können sie nicht hinüber und zerstreuen sich mit einem neuen vielstimmigen, halb klagenden, halb jubelnden Geschrei. Nun ist der Zeppelin nordwärts verschwunden. Die Burschen kommen vom Turm, aus Fenstern und Luken lösen sich die Gaffer, in Prozessionen kehren die Motzinger zu ihren Häusern zurück: die Weiber zu ihrer Samstagarbeit in Küche und Keller, viele Männer ins Wirtshaus, der Samstagabend nimmt seinen Lauf.
Der alte Jantsch geht heim. Er hat sich Stock und Hut so leise und unauffällig wie möglich vom Brückenwirt geholt, er nimmt nicht die breite Straße, er hält sich auf dem Steig zwischen den Zäunen, froh, daß niemand ihm nachschaut. Er kommt in sein Haus, das Haus der Totenkränze und Brautsträuße, und die Frau ist wieder beim Blumenbinden, und die ältesten Töchter sitzen bei ihr. Sie wundern sich, daß der Vater heute so früh zurück ist, an einem solchen Tag, wo es doch sicher hoch hergeht am Wirtstisch, und daß er sich ganz allein, still und nachdenklich hinter dem Herd in einen Winkel verkrümelt, und die älteste, die keckste Tochter, will ihn darauf anreden, doch die Frau winkt ab und flüstert über dem Blumenbinden ihren blumenbindenden Töchtern zu: Laßt's den Vater in Frieden, den Heiter, den hat heut' sogar der Zeppelin ums Hax'l g'haut.

Das Zimmer

Poloff hatte Vorschuß bekommen, in seiner rückwärtigen Hosentasche knisterten die Scheine, und in der Tasche seines Überrockes klimperte das Silber. Poloff war vergnügt, zu vergnügt jedenfalls, um gleich nach Hause an den Schwieloch-See zu fahren, wo er das ganze Jahr über wohnte. Er schlenderte durch die Stadt und hielt Ausschau, mit wem er den Vorschuß feiern könnte, den er heute von seinem Verleger erhalten hatte.

– Ich denke, Ihre Geschichten werden sich verkaufen lassen, hatte der Mann gesagt und nach der Kasse gegriffen. Poloff hatte geglaubt, Engelsmusik zu hören, ganz dumm vor Glück hatte er das Geld in Empfang genommen. Und jetzt wollte er feiern und in würdiger Gesellschaft einen hinter die Binde gießen.

Würdige Gesellschaft! Poloff hatte so seine Vorstellung davon, was würdige Gesellschaft sei. Er pfiff was auf Familie und Verwandtschaft, er wollte seinesgleichen treffen, also Dichter und, wenn möglich, sogar einen besseren, als er selbst war. Denn – um die Wahrheit zu sagen – von sich selbst hielt Poloff nicht allzuviel, trotz Vorschuß und Verkäuflichkeit seiner Geschichten. Sie waren gut verwendbare Ware, lustige Histörchen mit einem kleinen Schuß pikanter Spannung. Aber im Grunde hätte Poloff viel lieber Gedichte geschrieben.

Poloff durchstreifte ein paar Lokale, ohne jemand zu finden. Er wurde allmählich traurig, das Geld juckte ihn; es ist eine triste Sache, Geld im Sack, und keine Seele zu haben, mit der man's verjubeln könnte.

Poloff wollte schon die Segel streichen und den Schlesischen Bahnhof ansteuern, um den Bummelzug in Richtung

Schwieloch zu nehmen, da fiel ihm Barnabay ein, der alte Barnabay, der verlumpte Vagabund, der überall und nirgends war und sich, wie es hieß, ohne Quartier durchbrachte, sogar im Winter, wenn es Stein und Bein fror, und der trotzdem oder vielleicht gerade deshalb so schöne Gedichte schrieb, Gedichte, die sich zwar nicht verkaufen ließen, aber in einer kleinen, auserlesenen Gesellschaft die Runde machten, auf Zettel geschrieben von Hand zu Hand wanderten, dann und wann auch zitiert wurden, geheimnisvoll tönende Verse, nicht ganz verständlich, doch darum nur um so schöner. Poloff hatte sie bei einer solchen Gelegenheit gehört, ihm war eng ums Herz geworden dabei vor Kummer, daß *er* nie ein solches Gedicht machen würde, weil er eben Poloff und nur Poloff war.

Will sehen, ob ich Barnabay nicht finden kann! Poloff drehte sich auf dem Absatz um und machte sich auf die Suche.

Er suchte lange. Im Wartesaal des Anhalter Bahnhofs. Dort war Barnabay Stammgast, in Aschingers Stehbierhalle am Nollendorfplatz und endlich im Tiergarten. Im Tiergarten, hatte man Poloff erzählt, treibe sich Barnabay am liebsten herum.

Es wurde ziemlich spät und begann schon zu dämmern, als er endlich eine gebeugte Gestalt erblickte, die seitab von den vielbegangenen Wegen mit schlurfenden Schritten dahinzog. Barnabay trug Filzstiefel wie ein russischer Kriegsgefangener und einen uralten, zerrissenen Pelzrock, dessen Taschen schwer und ausgebeult gegen seine krummen Knie niederhingen. Darin schleppte Barnabay seine ganze Habe und vor allem einen Wust schmutziger und zerknitterter Papiere, sein Gesamtwerk, mit sich herum.

– Heda, Barnabay, rief Poloff hinter ihm her, daß ich dich endlich mal sichte, alter Kumpel, was ist los mit dir? Wo

schleichst du hin?
Barnabay ließ sich gerne einladen. Er lebte ja davon, daß man ihn hie und da einlud, er konnte ja nicht nur vom Kippenklauben und vom Stöbern in den Abfallkörben leben, bei dem ihn nur das Auftauchen eines Uniformierten stören konnte. Die Uniformierten waren nämlich seine Feinde, die Schupos vor allem, die blankgewichsten Wachtmeister in ihren strammsitzenden Röcken, mit ihren runden, rotbackigen, von Mißtrauen gespannten Gesichtern. Sie glaubten ja immer, ihn, Barnabay, zur Rede stellen zu müssen, wo er wohne, was er treibe und wofür er eigentlich gehalten werden solle. Sie wollten es durchaus nicht gelten lassen, daß er eben Barnabay war, ohne Quartier, ohne Einkommen, zu nichts anderem auf der Welt, als Gedichte zu schreiben, wenn vielleicht auch nur ein Dutzend im ganzen Jahr. Aber diese Gedichte, diese Gedichte – nein, mit diesen Gedichten konnte er den Burschen auch nicht kommen, die waren nichts für sie und konnten ihn nicht ausweisen vor ihnen: Er war und blieb in ihren Augen nichts als ein alter, höchst verdächtiger Lüderjahn.
Heute war der alte Barnabay von dieser Art Leben ziemlich zermürbt. Es war ja auch schon recht kalt, die öden Nebelwochen, die die langen Nächte brachten. Oh, ausgelebtes Jahr, grau und versponnen in Vergeblichkeit, die morsche Schläfe, bette sie in Schnee – Und Barnabays Stiefel waren zerrissen, und das zitternde Elend saß ihm in den Knochen.
– So kannst du nicht weitermachen, sagte Poloff. Er hatte Barnabay in eine Kneipe geführt und ihm Königsberger Klops und einen Glühwein bestellt, und noch einmal Königsberger Klops, die Barnabay gerne aß, und noch einen Glühwein, den Barnabay noch lieber trank. – So geht das nicht weiter, mein lieber Kumpel, sonst sitzt du noch

eines Tages hartgefroren auf einem Bänkchen. Weißt du was? Ich miete dir ein Zimmer, ja, ein Zimmer miet' ich dir, eine richtige Bude, wo du's gemütlich warm hast, jawoll, ich habe Geld, schau her! Hübsche blaue Scheinchen, Stücker vier. Dafür kannst du ne prima Bleibe haben. Komm los, wir gehen gleich mieten.
Der alte Barnabay mußte schon wirklich sehr zermürbt sein, denn er gab gleich nach, und die beiden machten sich auf den Weg, um ein Zimmer zu suchen.
Sie brauchten sich nicht lange umzuschauen, denn an vielen Häusern steckten Karten, daß vermietet werde. Aber hier am Tiergarten waren die Häuser zu vornehm, da wollte Barnabay nicht hinein, so trieben sie sich eine Weile herum, bis sie eins fanden, das Barnabay angemessen schien. Dort stiegen sie hinauf in den vierten Stock und läuteten an.
Die Vermieterin öffnete und zeigte ihnen das Zimmer. Als sie hörte, daß Barnabay bei ihr einziehen wollte, wurde ihre Miene sauer.
– Schauen Sie nicht so drein, Sie! sagte Poloff. Sie werden einen großen Dichter beherbergen, das sollten Sie zu schätzen wissen. Übrigens: Herr Barnabay ist mein Freund, und, daß Sie's wissen, ich bezahle das Zimmer im voraus – im voraus für ein halbes Jahr, mit Frühstück. – Mit Frühstück, versteht sich, wandte er sich an Barnabay, dann hast du doch jeden Morgen was Warmes im Magen, dann kann dir im Grunde nichts mehr passieren, und die Kerle von der Polente werden sich wundern, wenn du ihnen sagen kannst: Jetzt hab' ich 'ne Wohnung, und was für eine! Wollen Sie mich vielleicht besuchen? – Hehe, dann können sie dir nicht mehr an.
Poloff zahlte mit seinen Scheinen, drei hübsche blaue Scheine legte er der Wirtin auf den Tisch, und die wurde mit einem Male überaus höflich und versicherte, daß sie ihr

Bestes tun und Herrn Barnabay ganz gewiß sehr zufriedenstellen werde.
– Ist gut, ist gut! sagte Barnabay und zitterte ein wenig, wie ein Mensch, der sein Glück noch nicht glauben kann und auch nichts Rechtes damit anzufangen weiß, aber einmal trat er doch an das Bett und legte seine hagere, gichtische Hand auf das Kissen und drückte ein wenig: Es fühlte sich unvorstellbar weich und wohlig an. – Und jetzt, sagte Poloff, müssen wir eins drauf trinken, daß du von nun an kein Vagabund mehr bist.
Sie gingen trinken und ließen sich's wohl sein und saßen beisammen, bis das Lokal geschlossen wurde, dann zogen sie zum nächsten, das länger offenhielt, und dann noch in ein drittes, und die ganze Nacht redeten sie über Gedichte. Über Barnabays Gedichte und die anderer Leute, über das apollinische Element der Syntax und über das dionysische des reinen Wortklanges und über das ontologische Schema, das vom Abbild der Realität ins Ideal-Absolute reicht, und über die infinitesimale Funktion des Nichts, deren ein echtes Gedicht auch nicht entbehren kann.
Poloffs Herz klopfte, und sein Geist schlug Räder, er begriff, was Barnabay meinte, und weil er es begriff, fühlte er sich erhoben, leicht, als schwebte er, und beinahe auch schon zu hohem Dichtertum berufen. Irgend etwas flüsterte ihm zu, daß, wenn er Barnabay früher getroffen hätte, er vielleicht nicht nur verkäufliche Geschichten geschrieben und seine Zeit mit banalem Plunder vertan hätte, sondern über das apollinische Vorfeld der Syntax zu den dionysischen Heiligtümern des Urklanges vorgestoßen wäre, unbelohnt wahrscheinlich von seinem Verleger, aber im Besitz des Ideal-Absoluten, ein erleuchteter Mitverwalter infinitesimaler Funktionen.
So vergingen die Stunden, die ganze Nacht verging, und

der letzte blaue Schein, den Poloff nach der Auszahlung der Miete noch behalten hatte, war längst in Münze und in den Dunst eines seligen Rausches umgewandelt worden. Und der Rausch war selig auf eine hohe und erhabene Weise und ließ die beiden der Erde spotten, die ja, wie man weiß, ein nur sehr unvollkommenes ontologisches Schema und im Grunde ein Nichts ist.

Als auch das letzte Fünfmarkstück ausgegeben und in die bauchig gefüllte Ledertasche einer verschlafenen Kassierin geflossen war, erwachten die beiden zu einer, wenn auch etwas schwankenden Wirklichkeit.

Es wäre jetzt Zeit gewesen für Poloff, in sein Schwieloch zurückzufahren, aber ihn graute vor der Reise in den frostigen Morgen, auch spürte er keine Lust, sich schon von Barnabay zu trennen. – Weißt du was? sagte er. Wir gehen jetzt auf dein Zimmer, hauen uns hin und schlafen uns erst mal richtig aus.

– Das tun wir, das tun wir, sagte Barnabay. Oh, süßer Morgen, weiß und versponnen in Vergeßlichkeit, die morsche Schläfe, bette sie in Schnee!

– Aus jetzt mit deinem Schnee, erwiderte Poloff, du hast jetzt ein Bett, ein ordentliches Bett wie alle ordentlichen Leute, komm, Alter, deine Klappe wird uns schmecken!

Sie gingen ein paar Schritte, aber plötzlich blieben sie stehen, beide wie angewurzelt, und fragten aus einem Munde: – Weißt du denn, wo?

Poloff sah Barnabay an, und Barnabay Poloff. Und jeder sagte: – Keine Ahnung.

– Keine Ahnung?! sagte Poloff und wurde langsam blaß.

– Aber, fuhr er nach einigen Sekunden fort, wir werden die Straße schon finden, und haben wir die, dann wird es ein Kinderspiel sein, auch das Haus zu finden. Komm, Barnabay, wir müssen dort hinunter.

– Nein, sagte Barnabay, wir müssen dort hinaus, dann rechts hinüber.
– Wir sind von links gekommen, sagte Barnabay, von links, oder irr' ich mich, und es war wirklich rechts?
Da rieten sie hin und her, um wie viele Ecken sie gegangen waren, und dabei drehten sie sich miteinander im Kreis, und dann – dann wußten sie gar nichts mehr.
Sie suchten das Zimmer den ganzen Morgen, straßauf, straßab, die Kreuz und Quer zwischen Moabit und Charlottenburg und fanden es nicht, und suchten den ganzen Tag und auch noch den nächsten – und fanden es nie mehr.

Zitronenpudding

Es war in den Tagen der österreichisch-ungarischen Monarchie, als unser Land mit dem Land da oben im Norden hinter Stern- und Bärenstein noch eins war, mehr oder minder eins, und keine Grenze durch die Wälder lief, mit Stacheldraht und Wachtürmen bestückt, und als es noch ein lebhaftes Hin und Her gab zwischen dem südlichen Böhmen und unserer Gegend, und als doch schon Eisenbahnen gebaut waren, nicht nur die Hauptlinien, sondern auch Zweigbahnen und Nebenstrecken, die das ganze Land durchkreuzten . . . Da war es so, daß, wenn jemand von Blatnice und Břesnice nach Linz oder gar nach Salzburg wollte, er einigemal umsteigen mußte; und da gingen auch nicht *viele* Züge am Tag, wie heute im Zweistundentakt, sondern da fuhr einer am Morgen weg zur nächsten Umsteigestation, dort gab es Aufenthalt, dann ging es zur nächsten Umsteigestation weiter zu weiterem Aufenthalt, bis man vielleicht am frühen Nachmittag Budweis erreichte und dort den Schnellzug besteigen konnte, der dann endlich gegen zehn Uhr nachts in den Linzer Hauptbahnhof hereinprustete. Man war ziemlich erschöpft von der weiten Reise und schwarz von Ruß, denn selbstverständlich fuhr man noch nicht elektrisch, sondern mittels Dampfkraft und Kohle, womöglich Braunkohle, und zog schwarze, dicke Rauchlocken hinter sich her, und eine Garbe glühender Kohlensplitter und Rußflocken ging rechts und links des Zuges nieder. So war's kein Wunder, daß man angesichts der Beschwerlichkeit einer solchen Reise und ihrer Dauer darauf bedacht war, sich Stärkung zu verschaffen und den knurrenden Magen zu besänftigen, und da bot sich ein Aufenthalt an in Strakonice, zwischen einem Zug und dem

anderen, gerade in der Mittagszeit; da gab es auch eine „Restauration", wie man ein Gastlokal damals nannte, mit einigen weißgedeckten Tischen und einer Theke, auf der neben einer Reihe Bierkrügel eine Zimmerpalme stand, und über der Zimmerpalme hing das Bild des Kaisers in einem goldenen Rahmen. Bild und Zimmerpalme verliehen der Restauration ein sehr solides Aussehen, und so strömten die Reisenden herein, besonders die, die noch einen weiten Weg vor sich hatten, und verlangten die Speisekarte. Auf der Speisekarte war ein Menü angekündigt: Obenan die Suppe, dann ein Gänsebraten, zuletzt ein Zitronenpudding. Preis: drei Kronen. Das war nicht billig, gar nicht billig für damalige Zeit, aber was sollte man machen, man war hungrig, man hatte eine volle Stunde Zeit und freute sich auf eine gemütliche Mahlzeit. Man bestellte, saß da und wartete.
Nach einer Weile erschien der Restaurateur, ein dicklicher Mann in verschwitztem Hemd und speckigem Frack, lächelte leutselig und dienerte im Kreis: Wenn er die Herrschaften bitten dürfe, im vorhinein zu zahlen, denn die Erfahrung lehre, der Zug treffe manchmal ein wenig früher ein, und da dann jeder um einen guten Platz besorgt sei, so störe das Kassieren bei laufender Mahlzeit und verderbe – und das wäre doch sehr schade – den Appetit. Und deshalb nichts für ungut, und: Bittesärr und bitte ergäbenst. – Und machte sich an den nächsten Tisch.
Die Gäste zahlten. Willig zahlten sie. Nun konnte ja das Essen kommen.
Der Restaurateur verschwand hinter der Zimmerpalme in Richtung Küche. Auch der Piccolo war verschwunden. Schon waren zwanzig Minuten der Stunde verstrichen. Na, wann servierte man endlich die Suppe?
Aber die Tür hinter der Zimmerpalme blieb geschlossen.

Weitere zehn Minuten vergingen. Man begann wütende Blicke nach der Uhr zu werfen, an Gläser zu klopfen, mit den Füßen zu scharren. Ganz Cholerische fingen laut zu schimpfen an. Endlich – nun war man schon vierzig Minuten dagesessen – kam der Piccolo herein und brachte die Teller. Endlich wenigstens die Teller, wenn sie auch noch leer waren: Aufatmen und Vorschmatzen. Und dann, nun waren schon fünfzig Minuten von der kostbaren Stunde verstrichen: in glühend heißen Nickeltassen die nahezu kochende Nudelsuppe.

Der Piccolo schenkte sie aus – und die ersten hatten sich auch schon die Zunge verbrannt. Man hörte Schmerzensrufe, Warnrufe von Tisch zu Tisch, dann wurde geblasen, gerührt und wieder geblasen, unterdessen rückte der Zeiger unbarmherzig weiter. Schließlich waren die Teller leer. Wo blieb denn nun, in Dreiteufelsnamen, der Gänsebraten?

Man schrie, man tobte. Der Restaurateur erschien ganz kurz aus der Küche und ließ beide Arme wie Räder kreisen: So bat er um eine letzte, im Hinblick auf ungeheure Gänsebratengenüsse doch nur billige letzteste Sekunde Geduld. Aber gerade in dieser Sekunde ertönte draußen ein ferner Pfiff, und dem Pfiff folgte ein zweiter, schon näherer, und diesem ein metallisches Donnern und Rumpeln, und vor den Fenstern fuhr der Zug nach Budweis ein. Schon erschien auch der Vorstand des Bahnhofs Strakonice mit roter Kappe und schellender Glocke und rief die baldige Abfahrt des Zuges aus: – Bitte, einsteigen die Herrschaften, aber ein bißchen schnell!

Was blieb den Gästen übrig? Wer konnte es sich leisten, den Zug zu versäumen, nur des Gänsebratens und – ja, nicht zu vergessen, des Zitronenpuddings wegen, der ja auch noch zum Menü gehörte; nein, das konnte sich niemand leisten, da es ja auch keinen anderen Anschluß mehr gab den ganzen

Tag, und so faßte man sein Gepäck und rannte auf den Perron und bestieg sein Coupé, nicht ohne noch etliche Flüche zurückzuschleudern. Drei Kronen hatte man los – eine elende Suppe im Magen, dazu eine verbrannte Zunge, und keinen Gänsebraten und keinen Zitronenpudding.

So ging es Tag für Tag – eine geraume Zeit.

Nur einmal geschah etwas Merkwürdiges.

Da war ein Gast unter den Reisenden zwischen Zug und Zug, der keinerlei Zeichen von Ungeduld gab. Er war ein älterer Herr von etwas papierenem Aussehen, mit silbergrauen Schläfen und einer schwarzseidenen Krawatte mit grauen Streifen. Er zahlte die drei Kronen wie die übrigen, blickte gleichmütig vor sich hin und rührte sich nicht. Die Suppe ließ er stehen, bis sie ausgekühlt war, und sogar als der Zug unter Gepfeif und metallischem Donnern einfuhr, reagierte er nicht wie die anderen mit panischer Hast, er blieb einfach sitzen. Einfach sitzen! Was sollte das bedeuten? Durch einen winzigen Türspalt, durch die stachlichen Blätter der Palme, belauerte der Restaurateur das alarmierende Betragen. War denn der Mann taub oder blind? Schließlich konnte der Restaurateur nicht mehr an sich halten, er schoß aus seinem Versteck hervor und auf den Herrn zu: – Der Zug ist eingefahren, mein Herr, Sie werden Ihren Zug versäumen.

Eisig war der Blick, der ihn traf, ein Beamten-, ein Richterblick, eisgrau hinter funkelnden Gläsern. – Ich warte auf keinen Zug, sagte der Herr, ich warte auf das Essen. Der Restaurateur hatte begriffen, Entsetzen erfaßte ihn. Denn woher sollte er in der Eile einen Gänsebraten nehmen, einen Gänsebraten, um sich abzudecken gegen den Vorwurf betrügerischer Manipulation und vorsätzlicher Hinterziehung, gegen Anzeige und Verurteilung, denn der Herr, der da saß und darauf bestand, sitzen zu bleiben, der war kein

gewöhnlicher Gast und harmloser Reisender, das war nun klar; er kam aus Linz oder Prag, oder gar aus Wien, jedenfalls aus einer dieser verdammten k. u. k. Bahndirektionen, und war zur Überprüfung gekommen. Irgend jemand mußte angezeigt haben, was da gedreht wurde, Tag für Tag, ach, und das – das konnte das Ende sein.
Der Restaurateur stürzte in die Küche, schloß die Tür hinter sich und schrie: – Einen Gänsebraten, einen Gänsebraten, Gott der Gerechte, schafft mir her einen Gänsebraten.
– Wieso einen Gänsebraten? staunte der Koch, der Suppenkoch, der sonst nichts zu kochen hatte als die bewußte kochende Nudelsuppe. – Wieso einen Gänsebraten? staunte der Piccolo. – Wieso einen Gänsebraten? staunte das Abwaschmädel. – Fragt nicht so bleed! schrie der Restaurateur. Ich geb' euch alles, was ihr wollt, ich gebe euch 10, 20, 100 Kronen, nur schnell, schnell, bringt mir einen Gänsebraten!
– Aber woher denn? stotterten Koch und Piccolo, und: – Woher denn? echote das Abwaschmädel.
– Wird doch um Himmels willen irgendwo ein Gänsebraten sein in dem verfluchten Städtel, keuchte der Restaurateur, lauft nur, lauft schnell, in alle Häuser, wo die Leute haben Gänsebraten, wo ihr denkt, daß die Leute Gänse braten, ach, wäre nur Schabbes – da wäre überall Gänsebraten, aber heute an gewehnlichem Werktag, wer wird denn da haben so ein vermaledeites Vieh! Und wimmernd sank er nieder auf einen Küchenhocker.
Das Personal tauschte einen raschen Blick miteinander.
Dann galoppierten sie los, alle drei, einer dahin, einer dorthin, die sonnenglühenden, staubbedeckten Straßen des Städtchens Strakonice entlang. Minuten vergingen, die schienen dem Restaurateur eine Ewigkeit, er sah sich bereits verhaftet, abgeführt, ins Kriminal gebracht, und noch einmal vergingen Minuten, er wagte sich kaum mehr vom

Platz zu rühren, geschweige denn nach dem Gast zu lugen, der draußen saß mit kaltem Richterblick und starrer Miene. Da endlich, die Uhr stand auf halb zwei, da kam eine Gestalt die Straße heraufgekeucht, das Abwaschmädel – und welch ein Glück, welch ein Glück! Sie hatte was ergattert, offenbar. Denn sie schwenkte einen Topf, und wirklich, in dem Topf war ein Stück Gänsebraten, sogar mit Soße und Knödel und Kraut, noch war die Chose halbwegs warm, schwupps also auf den Teller und hineingetragen.
Triumphierend segelte der Restaurateur persönlich durch den Saal und setzte das Beutestück vor den einsamen Gast. Der hob die Brauen, als staunte er, daß er nun wirklich doch noch den angekündigten Gänsebraten bekam, und er nahm auch einige Bissen und schien befriedigt.
Aber dann legte er Messer und Gabel hin und wartete weiter. Worauf wartete er noch?
Der Gast wartete auf den Nachtisch. Wieder verstrich einige Zeit. Jetzt war es glücklich zwei. Zwei Stunden saß er auf seinem Platze, zwei volle Stunden wegen eines Mittagessens. Denn noch stand der Zitronenpudding aus. Niemand brachte ihn. Zum erstenmal schien der Gast ungeduldig zu werden. Er fingerte an der Speisekarte und legte sie hin und her.
Schließlich klopfte er auf den Tisch. Der Restaurateur kam herbei: Was denn zu Diensten stehe, der Herr?
– Ich habe das Menü bestellt, sagte der Fremde. Und auch bezahlt.
– Ja, gewiß, auch bezahlt!
– Das Menü habe sehr lange auf sich warten lassen.
– Sehr lange –? Wirklich? – Ja, vielleicht – eine Weile. Aber dann sei es doch gekommen –?
– Noch nicht das Ganze, sagte der fremde Herr und klopfte wieder mit harten Knöcheln auf den Tisch. Wo bleibt der

Zitronenpudding?
– Zitronenpudding? wiederholte der Restaurateur, und sein immer noch verschwitztes Gesicht legte sich in Falten eines selbstgefällig sicheren Lächelns. – Haben der Herr Zitronenpudding gesagt?“
– Hier steht Zitronenpudding, rief der fremde Herr nun in ziemlich aufgebrachtem Ton. Hier auf der Speisekarte!
– Das ist keine Speise, antwortete der Restaurateur, das ist eine Unterschrift! – und fügte, die Hand vor die Frackbrust gespreizt, mit einer federnden Verbeugung hinzu: – Zitronenpudding, nämlich, das bin ich.

Brief einer alten Dame

Lieber Fips,
Du hast mir zu meinem siebenundachtzigsten Geburtstag dieses alte Familienphoto geschickt, um mir, wie Du schreibst, eine Freude zu machen. Ich danke sehr. Du hast das Bild in einer Kiste auf dem Dachboden gefunden und weißt nicht, wen es darstellt, aber Du vermutest, daß diese *„netten Leute"*, wie Du Dich ausdrückst, auf irgendeine Weise mit mir verwandt sind. Jawohl, mein Lieber, Du hast recht, sie sind mit mir verwandt, infolgedessen aber auch mit Dir!

Der würdige Herr in der Mitte, der Pater familias, der sein Gesicht so kühn und selbstbewußt über den steifen Kragen hält, er ist Dein Urgroßvater Philibert Prokop. Ich denke, Du hast ihn Dir genauer angesehen, diese Visage unter dem Poposcheitel. Ein Widerling, hast Du sicher gedacht. Ganz recht, mein Lieber, ein Widerling, ich kann Dir nur beistimmen, obgleich es sich um meinen leiblichen Vater handelt. Aber leider muß ich Dich darauf aufmerksam machen, daß Du ihm gar nicht so unähnlich bist und je älter Du wirst, desto mehr. Und seit Du diese großartige Stellung hast mit Villa im Wienerwald und Dienstwagen mit Chauffeur: der alte Prokop – wie abgerissen.

Freilich: so dick wie Du hatte es Dein Urgroßvater nie. Aber auch er hat es, im Rahmen seiner Zeit und seiner Möglichkeiten, zu was gebracht: Schweineaufkäufer war er des reichen Herrn von Ziegler in Worhabschen, und Herr von Ziegler belieferte die Fleischbänke von Pilsen, Beraun, Tabor und das Zentralschlachthaus von Prag. Da kam schon was zusammen an quiekendem Borstenvieh. Ja, ja, Dein Urgroßvater war tüchtig, zielstrebig und robust – wie

Du. Er war viel unterwegs mit Roß und Wagen, auch mal mit der Eisenbahn, von Dorf zu Dorf, von Schweinestall zu Schweinestall, ein harter Unterhändler (wie Du). So war er seinem Chef, dem Herrn von Ziegler, unentbehrlich, und das war wichtig, das war das Wichtigste, denn Herr von Ziegler war der Brotherr, er zahlte gut, besser jedenfalls als die anderen Fleischlieferanten im Lande, und Dein Urgroßvater Philibert Prokop hätte sich ja schon für eine Krone ein Loch ins Knie bohren lassen . . . (Aber wer hat mir denn erst neulich von Dir erzählt, für einen fetten Happen gingest Du über Leichen, nun, lieber Fips, ich bin ganz sicher, bei Dir fangen die fetten Happen erst bei hunderttausend Schilling an, bravo, bravo, mein lieber Fips, man geht doch mit der Zeit.)

Was Philiberts Frau betrifft, das magere Armitschgerl, das sich auf dem Bild hinter dem thronenden Gatten zwischen Sessel und Zimmerpalme drückt, ist Deine Urgroßmutter Antonia, geborene (ledig geborene!) Ohrisek: sicher hast Du auch sie unter die Lupe genommen und festgestellt, sie sehe aus wie geradewegs aus einem Kellerloch geschloffen, wie eine arme kleine Ratte, der die Hunde schon zu oft auf den Fersen gewesen sind, die ganz verängstigt und nahezu irr in die Welt schaut. Auch damit hast Du recht – und doch war sie ein guter Mensch, unsere Mutter, sie brachte es noch zuwege, ein guter Mensch zu sein. Ihr größter Fehler war es gewiß, daß sie sich nicht zur Wehr setzen konnte. Nie. Als junges Mädchen war sie bei Herrn von Ziegler im Dienst und hatte die Wäsche über und das Nähen und Bügeln, und hatte früh und spät zu tun, die Damasttischtücher zu plätten und die beschädigten Klöppelspitzen am Bettzeug zu erneuern, vor allem aber die Hemdbrüste und Manschetten des gnädigen Herrn zu steifen und auf Glanz zu bringen. Vielleicht wollte sich der Gnädige Herr nur vergewissern, ob die Antonia das auch richtig machte, jedenfalls kam er eine Zeitlang alle Pfiff in die Nähstube und lehnte am Bügelbrett, hinter dem die Antonia das Eisen führte. Sie schämte sich und weinte und wollte nicht, aber das half wenig. Ein halbes Jahr später war sie Frau Prokop, Herr von Ziegler hatte diese Lösung vorgeschlagen und hatte sie mit einer Gehaltserhöhung für Herrn Prokop verbunden (und der konnte Herr Prokop nicht wiederstehen). Das Kind, das Deine Urgroßmutter bekam, ziemlich bald nach der Hochzeit – (auch das ein Skandal!) –, das arme Wurm starb gleich nach der Geburt und war weggeräumt damit aus dieser Welt. Aber die Ehe, die seinetwillen geschlossen worden war, nur seinetwillen, die Ehe blieb – und war ein langes Malheur. Denn Dein Urgroßvater konnte es der Antonia Ohrisek nicht vergeben, daß er sie hatte heiraten müssen – müssen? – und daß er auf diese Weise keine bessere Partie gemacht hatte, sie mußte sich das anhören früh und spät: Er habe sie doch nur aus Erbarmen aus der Gosse gezogen und für seine Gutheit werde er jetzt bestraft. *Gutheit,* sagte er und schämte sich nicht von Gutheit zu reden und jammerte in der Gegend herum, daß ihn die Frau ruiniere, wenn sie wieder einmal ein Kind von ihm bekam.

Freilich: Mit dem Kinderkriegen war es gar nicht so schlimm bei ihr, denn zumeist konnte sie es gar nicht austragen, reihenweise ging das ab Jahr für Jahr, dann lag sie elend da und war ein Wrack.

Das war nicht leicht für uns, mein lieber Fips, und vielleicht siehst Du es meinem verbiesterten Gesicht an, denn – Ja, die bin ich, die neben der Mutter steht, die mißgeschickte Hopfenstange im karierten Kleid mit der Gretlfrisur, die sieht nicht nach fröhlicher Jugend aus, wie, Fips? Kein Wunder, so wie es stand in unsrem Haushalt. An mir, der Ältesten, blieb alles hängen durch Mutters Krankheit,

Kochen und Putzen und Pflege, und wenn dann der Vater heimkam von seinen Schweinekauftouren, der Zirkus rund um ihn rum.
Mit meinem Bruder August (das ist der freche Bengel auf dem Bild, im Matrosenanzug, sitzt neben dem Vater mit Stöckchen und Hut auf den Knien, wie der Vater – und einer Miene: Was kostet die Welt?) – mit diesem Bruder war's auch kein Honiglecken; ein rabiater Kerl, sag' ich Dir, immer zuoberst auf jedem Baum, auf jedem Dach, und wenn es der Mutter besonders schlecht ging, am schlimmsten. Trotzdem, glaub' ich, hat er sie gern gehabt und vielleicht am liebsten von uns allen, denn nach ihrem Tod damals im zehner Jahr ist er auf und davon und nie mehr heimgekommen. Ich habe ihn auch nur ein einziges Mal wiedergesehen, im August 14, zum Abschied, am Wiener Nordbahnhof, ehe er ausrückte. Im Winter darauf ist er als vermißt gemeldet worden und dann als tot, wir haben schon die Seelenmesse für ihn lesen lassen. Da kam plötzlich Post aus Sibirien, er sei nur verwundet und in Gefangenschaft geraten – und fürs erste hatte er also überlebt. Ich war glücklich und wäre am liebsten an die Decke gesprungen vor Freude, aber ich irrte mich, wenn ich glaubte, auch der Vater würde halb närrisch vor Glück. Nein, nein. Ich merkte etwas ganz anderes: Herr Prokop war enttäuscht, er fühlte sich blamiert durch die unerwartete Nachricht und er war sogar ein bißchen beleidigt: Er hatte sich ja schon als Heldenvater feiern lassen am Stammtisch, und diese Rolle hatte ihm August jetzt versalzen.
Zwar, August ist dann doch nicht mehr wiedergekommen, in Sibirien ist er verschollen, verhungert oder sonstwie verkommen, da war ja schon Revolution – und bald war auch bei uns kein Staat mehr zu machen mit dem gefallenen Sohn, da war sein Tod nichts mehr wert.

Für mich hatte dieser Tod freilich noch ein Nachspiel. Denn eines Tages, bald nach dem Krieg, erschien eine Frau bei mir und sagte, sie sei Augusts Frau, und zeigte mir auch ein Hochzeitsbild und ein Bild von zwei Buben. Da sind Ihre Neffen, sagte sie, Augusts Kinder, und ich solle sie unterstützen. Ach lieber Gott, sie unterstützen! Ich hatte ja selbst nichts zum Beißen, und das sagte ich ihr. Da wurde sie wütend und schrie mich an: Das habe sie von mir nicht anders erwartet, und der August habe schon recht gehabt, wenn er gesagt habe, ich sei ein Luder, hartherzig und infam! – Immer habe er das gesagt und: Ich habe ihm seine Jugend verbittert. – Und damit ging die Person und schlug die Türe hinter sich zu. Da saß ich nun auf ihren Worten . . . Eine Stunde vorher hatte ich das Weibsbild noch nicht einmal gekannt, nicht einmal gewußt, daß es sie gäbe, nun saß ich da und hatte diesen letzten Gruß von meinem Bruder über die Jahre weg aus dem Jenseits, und konnte nur heulen und in meinem Kopf die Erinnerungen zusammenklauben an unsere Kinderjahre, an die vielen Butterbrote, die ich August gestrichen, an die vielen Zuckerstücke, die ich für ihn aus der Dose stibitzt, an die Hosen, die ich ihm heimlich zusammengeflickt und an die vom Haushaltsgeld abgezweigten Groschen, die ich ihm zugesteckt habe, damit er in die Schießbude oder ins Panorama gehen konnte.
Aber das alles kam nicht auf gegen das *„LUDER“* – von dem die Frau geredet hatte – und es tut meinem Herzen noch heute weh.
Bleibt noch Hildegund auf dem Bild, die Kleine neben dem Vater mit der Masche im Haar und der Stupsnase, ja, und Waldi, der Dackel, der mußte mit dabei sein. Waldi – alle Dackel hießen damals Waldi, und er war abgerichtet, nicht nur den Fuchs aus dem Bau zu treiben, sondern auch die Beerenklauber und Schwammerlsucher in die Waden zu

zwicken, die sich in Herrn von Zieglers weitläufigen Wäldern antreffen ließen, aber sonst war der Waldi ein liebes Vieh.

Was die Hildegund betrifft, die Stupsnase –, nun, das weißt Du ja, lieber Fips, daß sie Deine Großmutter ist, unsere Jüngste. Sie war Vaters Liebling. Das hat sie zu nützen gewußt, die Hildegund, sie war eine ganz Schlaue. In jeder Hinsicht war sie eine Schlaue. Wenn sie am Morgen zur Schule sollte, fiel sie ohnmächtig unter den Frühstückstisch – und durfte daheim bleiben. Wenn sie ihren Strickstrumpf auftrennen sollte, weil er falsch gestrickt war, bums, da lag sie wieder. Wenn Vater tobte, bums. Wenn Herr von Ziegler sie in den Erdbeerrabatten erwischte, bums.

Immer lag sie da, käseweiß und mit verdrehten Augen. Das arme Kind, hieß es von ihr, sie wird nicht alt. Aber plötzlich, mit achtzehn, begann sie zu blühen, war gesund und machte die Männer verrückt, heiratete und kriegte ihre sechs Kinder, darunter Deine Mutter, wie Du weißt. Sie hat sich mit ihrem ewigen Umfallen auf die Butterseite des Lebens gelegt, das muß einer können. Deine Schwester schlägt ihr nach, auch sie geht, wie mir vorkommt, auf die schlaue Tour, nur daß sie nicht mehr in Ohnmacht fällt, das ist nicht mehr modern, dafür macht sie's mit Depressionen und Neurosen, immer wenn ihr was schiefgeht, ist der Psychoanalytiker fällig, da muß sie schleunigst auf die Couch. Das kostet freilich Geld, und gar nicht wenig, aber es bringt ihr Schonung bei von seiten der Familie – und was will sie mehr?

Deine Großmutter Hildegund war zehn, als das Bild gemacht wurde – und ich war vierzehn, damals im Jahr 1900. Ein glorreiches Jahr, lieber Fips, es wurde gefeiert, auch dieses Bild gehörte mit dazu. Aus Anlaß der Jahrhundertwende nämlich hat uns Dein Urgroßvater zum Photo-

graphen geführt, denn sogar er, der Schweineaufkäufer aus Worhabschen, hat schon etwas gehabt, was Ihr Jungen ein *Bewußtsein* nennt, und hat sich hie und da über den Zeitgeist geäußert und darauf geschworen, daß wir einer ganz bedeutenden Epoche entgegengehen. Die bedeutende Epoche ist ja dann auch eingetreten und hat eine Menge auf den Kopf gestellt, aber eine Menge ist sich auch ganz gleichgeblieben, sonst könnte ich's mir nicht erklären, daß Du Deinem Urgroßvater so ähnlich siehst und auch ein ebenso tüchtiger Geschäftsmann geworden bist und daneben noch mit *Idealismus* großtust, ganz wie der alte Prokop seinerzeit mit seiner *Gutheit;* auch, daß Deine Schwester dieselben Zicken vorlegt wie Deine Großmutter Hildegund – und daß ich ebenso vereinsamt bin, wie meine Mutter es war.
Alle Fehler, die wir begangen haben, mein lieber Fips, zu unserer Zeit, in unserer Welt, sie kommen Euch Jungen ganz abscheulich vor. Und wenn wir damals stolz und starr wie ausgestopfte Puppen in die Linse gestarrt haben, so nennt Ihr das jetzt Popanzerei und Lächerlichkeit. Ihr macht jetzt Schnappschüsse, hundert an einem Ferientag, in Hundertstelsekunden – und denkt nicht, daß es eines Tages Euern Nachkommen überlassen sein wird, *Eure* Bilder auszugraben und zu beurteilen. Und wie werden diese Urteile dann ausfallen?
Aber mach Dir nichts draus, mein lieber Fips: es wird wohl immer eine gewisse rachsüchtige Bosheit geben zwischen den Generationen, und als Bosheit hab' ich's auch genommen, daß Du mir dieses Bild geschickt hast zu meinem Siebenundachtzigsten, denn Du warst schon immer ein Ekel und ziemlich infam . . .
Dieser Brief wurde nie geschrieben – und infolgedessen auch nie abgeschickt.
Statt dessen folgender:

Lieber Fips,
Du hast mir mit dem alten Familienphoto eine große Überraschung und Freude bereitet. Ich danke Dir herzlichst dafür. Immer wenn ich es ansehe, steigen liebe Erinnerungen auf an meine schöne Jugendzeit. So wird man gerne alt! Herzliche Grüße sendet Dir, Deiner lieben Frau und Deinen niedlichen Kinderchen

Deine Großtante Philiberta Prokop
im achtundachtzigsten Lebensjahr

Bahnknotenpunkt

Im Jahre x

Ein Mann und eine Frau sitzen in der leeren Imbißstube auf dem Bahnsteig, allein, die Theke ist unbesetzt, heute wird nicht ausgeschenkt. Die beiden sitzen auf der Eckbank im Winkel, Hand in Hand, die Frau hat den Kopf an die Schulter des Mannes gelehnt. In einer Viertelstunde kommt ihr Zug, ein Zug in östlicher Richtung. Sie wird einsteigen, der Mann zurückbleiben, doch nur für eine Weile, dann hat auch er Anschluß, nach dem Westen. Der Mann und die Frau nehmen Abschied voneinander, Abschied für ungewisse Zeit.

Unter dem berußten Wellblechdach des Bahnsteigs hängt eine Uhr, eine große, weiße Scheibe mit schwarzen Zeigern. Jedesmal, wenn die beiden hinblicken, sind die Zeiger ein Stück weitergewandert, haben ein Stück von der Frist abgeschnitten, die ihnen noch bleibt.

– Zwölf Minuten, sagt die Frau, jetzt nur noch elf. Dann ist es zu Ende. – Nichts ist zu Ende, sagt der Mann, was zwischen uns ist, kann nie zu Ende sein. Von nun an werden wir immer miteinander leben.

– Wie das? fragt die Frau.

– Wohin ich auch gehe, sagt der Mann, es wird immer sein, als gingest du neben mir. Jeder Gedanke, den ich denke, wird zu dir hingedacht, jedes Wort, das ich spreche, wird zu dir hingesprochen sein. Das wird bleiben, unaufhebbar, für alle Zeit. Verstehst du nun, was ich damit meine: Wir werden von nun an immer miteinander sein?

Indessen hat sich der Bahnsteig draußen bevölkert. Ein Dienstmann mit roter Mütze und gelbem Nummernschild schlendert vor der Bude auf und ab. Einmal bleibt er stehen, glotzt durch die Scheibe, sein grobes, vom Winterwind gegerbtes Gesicht verzieht sich zu einem Grinsen. Gleich darauf wird die Einfahrt des Zuges gemeldet. Die beiden haben ihren Platz verlassen, sind hinausgegangen. Schon taucht der Zug in der Ferne auf, nähert sich über das Netz der Schienenstränge, kurvt über Weichen ein, hält an. Die Frau steigt ein, die Tür klappt zu. Sie will das Fenster herunterlassen, es gelingt ihr nicht, sie zerrt an dem Riemen, der den Mechanismus auslöst, viel zu heftig und deshalb ungeschickt, ihre Hände zittern. Da quarrt schon die Ansagerstimme aus dem Lautsprecher: – Bitte zurücktreten, der Zug fährt ab, wir wünschen gute Reise.

Im Jahre x + 1

In der Bahnhofgaststätte sitzt der Mann, allein, an einem Tisch. Ringsum sind viele Tische besetzt, die Leute warten hier ihre Anschlüsse ab. – Der Mann hat ein leeres Blatt Papier vor sich liegen und ein ausgetrunkenes Schnapsglas vor sich stehen. Er winkt dem Ober: – Noch einen! – und kippt dann auch diesen hinunter. Dann schiebt er das Glas von sich und sagt: – Jetzt ein Bier.

Noch immer liegt das Blatt Papier unbeschrieben vor ihm. Der Mann blickt mit gerunzelten Brauen darauf nieder. Endlich setzt er den Stift an und schreibt: *Liebe*. Da aber stockt er schon, er legt den Stift wieder hin, greift in seine Rocktasche, zieht eine Packung heraus und zündet sich eine Zigarette an. Aus zusammengekniffenen Lidern späht er den Rauchwölkchen nach, die nach oben steigen und, mit anderen alten Rauchschwaden vermischt, einen blaugrauen Dunst unter der Decke bilden.

Der Mann schreibt nicht weiter.

Der Ober hat ihm das Bier gebracht, er trinkt es in kleinen Schlucken, die Neige läßt er stehen, sie schmeckt schon schal. Endlich knickt er den Bogen zusammen und zieht seine Brieftasche, um ihn darin zu verwahren. Dann aber ist ihm auch das noch zuviel. Er reißt das Blatt entzwei, das leere Blatt mit dem einzigen, sinnlos gewordenen Wort: *Liebe,* reißt es noch einmal durch, knüllt die Schnitzel zusammen und wirft sie in den Aschenbecher.

Im Jahre x + 2

Die Frau nimmt Aufenthalt. Sie müßte nicht, sie könnte mit dem Zug, in dem sie kam, weiterfahren bis zu ihrem Ziel. Aber sie will es so, will eine Stunde bleiben und, sich erinnernd, das Spiel wiederholen, das einmal gespielt wurde, so als sollte es gelten, *unaufhebbar,* für alle Zeit. Die Frau weiß, ihre Rolle ist neu vergeben. Dennoch betritt sie die Szene, die sie in Gedanken noch nie verlassen hat, den Bahnsteig unter dem Wellblechdach, den Ort des nie verwundenen Abschieds. Sie will die öde, offene Halle entlanggehen, wie sie sie damals ging, heute allein. Sie will auf die Gleise blicken, auf denen sie damals kam und wegfuhr, die Gleise laufen hier paarweise nebeneinander und weiter draußen zu einem Netz zusammen, um – noch einmal weiter draußen – in alle Himmelsrichtungen auseinanderzuzweigen. Die Frau will die Uhr sehen, das weiße Blatt, mit Ziffern und Zeigern, auf denen ihr die letzte Frist ausgezählt wurde: Endspielminuten, von denen es damals hieß: *Niemals zu Ende.*
Die Frau tritt auch in die kleine Imbißstube ein. Heute ist die Theke besetzt, ein Fräulein hantiert hinter einer Espressomaschine. Die Frau setzt ihr Gepäck ab, an der Theke bestellt sie einen Kaffee. Sie schiebt dem Fräulein eine

Münze hin, nimmt ihre Tasse und sucht sich einen Platz. Dann sitzt sie und blickt auf die Eckbank im Winkel. Dort ist es gewesen, vor dieser Wand, vor diesem Stück schwarzbraun gefirnißter Täfelung: Immer-bei-Dir und Nichts-ohne-Dich, sie hört es heute noch in ihren Ohren klingen, Ton, auf den sie ihr Leben gestimmt hat, sie wird es nie mehr umstimmen können. Für sie ist der leere Winkel dort drüben nicht leer, Schatten sitzen dort, hingebannt, geisterhaftes Immerdar, gespensterhafte Gegenwart, weil einmal – damals – frevelhaft als Immerdar beschworen.
Die Frau stützt den Kopf in die Hand, wippt mit dem Fuß. Sie kann den Blick nicht lösen von dem Schattenwinkel, sie könnte aufstehen, hingehen, sich niederwerfen, schreien: Und jetzt?
Dieses Immer-auf-Vergangenes-Blicken, Immer-wieder-Schatten-Berufen, das ist, die Frau weiß es, auch etwas, was der Mann nicht mehr an ihr mochte, ist auch einer ihrer Züge, die der Mann nicht mehr ertrug. Aber sie, sie *ist* eben so und will auch gar nicht anders sein, sie will sich das Recht nicht absprechen lassen, in Erinnerungen zu leben, einen Ort wie diesen mit Schatten zu bevölkern.
Die Frau bemerkt nicht, daß ein Mann neben ihr Platz genommen hat, ein *anderer* Mann. Er ist auf der Fahrt hierher im gleichen Abteil gesessen, sie haben ein paar Worte gewechselt und die Blätter, die sie als Reiselektüre bei sich hatten, ausgetauscht. Er hat ihr dann noch das Gepäck aus dem Zug gehoben, nun sitzt er da und beobachtet sie.
Die Zeit vergeht, die Züge fahren ein und aus. Jetzt nimmt die Frau ihre Börse aus der Tasche und ruft: – Ich möchte zahlen. Das Fräulein an der Theke blinzelt träge, im übrigen rührt sie sich nicht.
– Warum wollen Sie noch einmal zahlen? fragt der Mann

von nebenan. Sie haben ja schon längst bezahlt.
Die Frau wendet den Kopf. – Ach, sagt sie, Sie sind ja auch wieder da. – Die ganze Zeit schon, antwortet der Mann und lächelt.
– Und Sie sagen: ich habe bezahlt? – fragt die Frau. Habe ich wirklich? – sie hält die Börse noch immer in der Hand. – Ich wußte es gar nicht mehr.
– Doch, sagt der Mann. Ich habe es gesehen, und ich irre mich nicht.

Im Jahre x + 3

Der *andere* Mann und die Frau schlendern Hand in Hand den Bahnsteig entlang. Ihr Gepäck hat der Dienstmann genommen, sie sind unbeschwert, guter Laune, sie fahren in Urlaub.
– Was machen wir nun? fragt der Mann. Wir haben zwei Stunden Zeit, gehen wir in die Stadt hinein, Bahnhöfe sind trübselig.
– Finde ich auch, sagt die Frau, dir fällt doch immer was Gutes ein. – Sie steigen die Treppe zur Unterführung hinab und die andere wieder hinauf. Da kommt ihnen, ziemlich eilig, eine Person entgegen, sie schwenkt in der einen Hand eine karierte Reisetasche, mit der anderen hält sie sich das Hütchen fest, ein keckes Hütchen mit einer langen Feder. Plötzlich bleibt das Hütchen stehen, faßt die Frau ins Auge und ruft: – Hallo! Sie hier? –
– Hallo! antwortet die Frau, das nenne ich aber eine Überraschung. –
Sie schütteln einander die Hände, sie fragen nach woher und wohin. Glatt gehen ihnen die Worte über die Lippen, glatte rasche runde freundlich klimpernde Worte, als wären sie einander nie anders begegnet, nie in derselben Rolle; für die

eine war es der Schlußakt, für das befederte Hütchen ist das Spiel noch im Gang.
Die Frau stellt dem Hütchen ihren Mann vor.
– Sehr erfreut, sagt das Hütchen, sehr, sehr erfreut! – und schüttelt auch ihm die Hand. Dabei klirren ihre Armbänder, sie hat drei breite, klirrende Armbänder an jedem Gelenk.
So schwatzen sie eine Weile, nur eine kleine Weile, denn das Hütchen muß sich sputen, gleich wird sein Zug – ein Zug in westlicher Richtung – einfahren.
– Dann: Guten Urlaub!
– Viel Spaß! Auf Wiedersehen!
– Wiedersehen –! – Das Hütchen stürmt davon.
Die beiden gehen weiter und in die Stadt hinein.
– Was hast du? fragt der Mann und blickt seine Frau von der Seite an. Du siehst ja so erheitert aus.
– Bin ich auch, antwortet die Frau, sie nimmt seinen Arm und drückt ihn lachend an sich. – Weißt du denn nicht, wer das war? Hast du nicht gehört, wohin sie fährt?
– Ach *so*! sagt der Mann. Jetzt erst begreife ich. Und ausgerechnet *der* müssen wir hier begegnen.
Sie wandern die Bahnhofsallee entlang, es ist ein schöner Tag, hellbesonnte Wolken treiben vor dem Wind.
– Und bist du sicher, daß sie *dorthin* fährt? fragt der Mann.
– Ganz sicher, sagt die Frau. Sie war ja auch so aufgeregt.
– Das stimmt, sagt der Mann, er denkt an die lange Feder und an die vielen klirrenden Armbänder und fügt hinzu: Ich glaube, zum Schluß hat sie sich ein wenig geniert.
– Das mag schon sein, sagt die Frau, denn Abenteuer sind eben doch nur Abenteuer.
Der Mann lacht, aber dann wird er ernst. Er geht eine Weile schweigend neben der Frau her. Und schließlich stellt er ihr seine Frage: – Und nun sag mir eins: Tut es noch weh?
– Weh? sagt die Frau. Kein bißchen mehr. – Und sie sagt sogar die Wahrheit

im Jahr x + 3

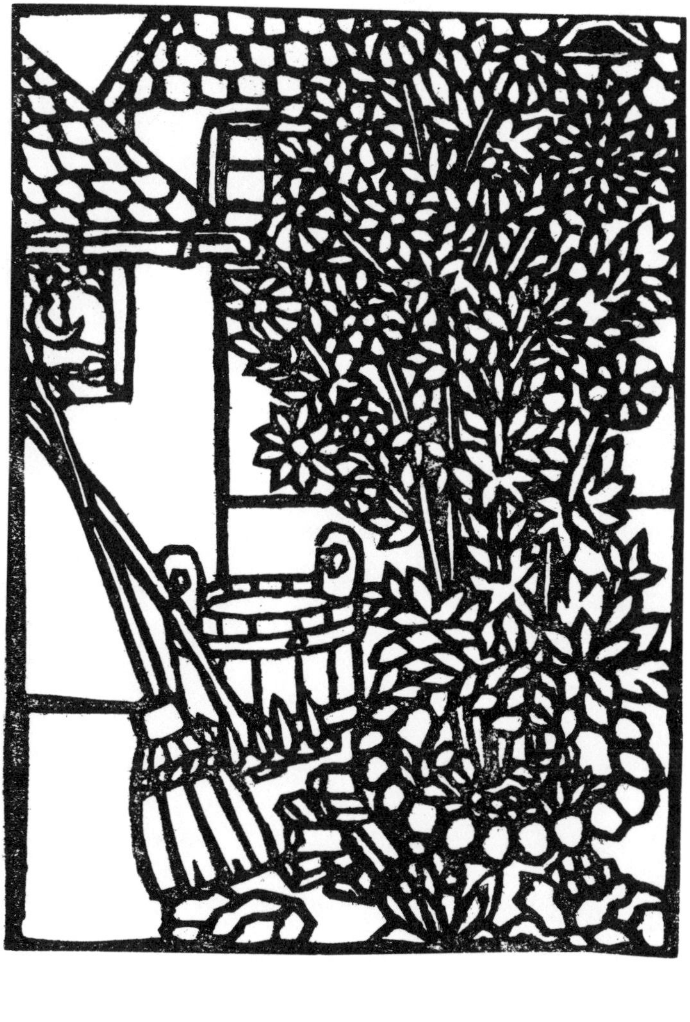

Die Nuß

Als ich das Haus zum ersten Mal betrat, standen drei Totenkränze im Flur an die Wand gelehnt und es roch nach Rosen, Wachs und Thujen. Hinter den Kränzen waren große Kartons aufgeschichtet und unter dem aufgeklappten Deckel des obersten Kartons sah ich auf weißem Seidenpapier winzige weiße Brautbouquets reihenweise ausgelegt, zum Versand bereit. Links stand eine Tür offen, und aus dem Rumoren dahinter erriet ich, daß dort die Küche, und daß jemand eifrig dabei war, eine Mahlzeit zu bereiten.
Aber der Herr des Hauses führte mich an der offenen Küchentür vorbei und hinaus in den rückwärtigen Hof.
Dieser Hof war wie ein Saal, grün und rosarot, und hinten stand ein langes niedriges Haus mit einem höheren Atelierbau und einer Laube. Rechts war der Hang von einer klobigen Granitmauer unterfangen. Da erhob sich – mit einem Rundbogen ins Kellergeschoß und einer blitzenden Fensterreihe unter Dach – ein niedriger stumpfer Turm.
Gegenüber fiel das Gelände ab und verlor sich in einer dichten Kulisse von Weiden- und Eschenwipfeln – und dahinter und jenseits des kleinen Tals lag das alte Stift mit seinen steilen Dächern und langen Fensterfassaden und war jetzt Zucht- und Arbeitshaus, und wenn ich hinüberschaute, dann waren die *Bilder* da. Ich hatte sie nicht mit eigenen Augen gesehen, ich hatte sie mir nur vorgestellt nach dem, was ich von Dingen erfahren hatte, die sich hier nach dem Krieg zugetragen . . . ich hatte mir das alles nie anders vorstellen können, als etwas *Unwirkliches*.
Aber – war nicht alles unwirklich dahier? Die Totenkränze und die Brautbouquets und die Rosenfarbe des alten Hauses und sein zerfleddertes Strohdach und die Fischreuse, die an

das eine Eck gelehnt stand und schon seit langem so stehen mußte, denn sie war schon zur Hälfte mit wildem Wein übersponnen.

Es war unwirklich, daß ich hier einzog mit zweien meiner Kinder, für fünf, sechs Wochen dieses Sommers. Es war erst recht unwirklich, daß ich von nun an hier daheim sein sollte, und daß mich dieser Hof und dieses Haus, das alte vorn und das neuere rückwärts, und daß mich sogar der Turm von nun an etwas angehen sollte – und mir war auf einmal, als kehrte ich aus einer kahlen und kühlen leergefegten Welt in eine braune warme duftende Nußschale ein, ich konnte mich einrollen in sie und mich von ihr umschließen lassen.

Wir wohnten im rückwärtigen Haus.

Da war das Atelier, hier Werkstatt genannt, mit einem hohen großen, nach Norden gewandten Fenster, und wenn der Tag schön und klar war, so sah man von hier bis zu den Bergen hinter Passau im Bayerischen Wald. Neben der Werkstatt war ein Zimmer, in dem mein Bett stand, neben den kleineren Betten meiner Kinder, ein Schrank war ausgeräumt für unsere Kleider, und daneben war ein neuer Schreibtisch aufgestellt: für meine Arbeit.

Dann war der Flur mit dem roten Ziegelboden, dahinter war eine kleine Stube in Nußholz getäfelt, und schließlich das Zimmer des Hausherrn.

Die Fenster waren klein und vergittert; Glyzinien und Wilder Wein, die Äste der Apfelbäume und die Wipfel der Rosenstöcke filterten das Sonnenlicht zu einer grünen, ganz leise flimmernden Dämmerung.

Unten führte der große Fluß seine breite Strömung. Wer zu ihm hinunterwollte, mußte über eine Treppe hinab und an Sonnenblumenbeeten vorbei noch eine Treppe hinunter, da war der Bach, schmal und träge und zwischen weichen

Ufern sumpfend. Ehe er in die Mündung schlich, war er von einem Steg überspannt. Der verband den Plattenweg flußabwärts mit dem flußaufwärts oben auf dem Damm, der den Inn begleitete und ihn von Altwassertümpeln und Auwald und dem Steilufer dahinter schied. Da lag zwischen Strom und Hang ein Gewirr von Weidenschöpfen und Wasserstraßen, eine Flucht von Wassersälen und -gängen, ineinanderverzweigt und labyrinthisch verwachsen. Hier konnte man baden oder mit einem Boot durch grüne Tunnels fahren, hier standen die Hechte lauernd auf Beute, hier raschelten Reh und Hase, und abends strich die Eule mit seidig flüsterndem Flug.

Daneben aber und jenseits des aus riesigen Steinen geschichteten Damms zog und wirbelte eilends und rauschte der Fluß. Oben das Dorf – und immer wieder das alte Stift, aus dem man die Stiftsherren verjagt hatte, in der Josephinischen Zeit, und statt ihrer saßen nun die Verurteilten in den Zellen und Sälen, und am Sonntag sangen sie in der Kirche auf der vergitterten Empore.

Dann und wann begegnete man einem Trupp von ihnen. Es war üblich, daß Sträflinge, die kurz vor der Entlassung standen, auswärts zur Arbeit geführt wurden. Da, um einen Keller auszuheben, dort, um eine Straße zu schottern. So sollten sie sich wieder an die Freiheit gewöhnen, die ihnen bevorstand. Sie trugen noch ihre Sträflingskleider und zwei Aufseher begleiteten sie. Die Leute im Dorf waren den Anblick gewöhnt, sie sahen gar nicht hin. Ich aber sah hin und hörte zu, wenn Geschichten erzählt wurden über die Gefangenen, über diese und viele andere, die hier eingesessen hatten – Generationen von Zuchthäuslern, Immer-wieder-Rückfälligen; immer wieder kam es vor, daß einer den Ausbruch wagte und flüchtete, und daß er dann gehetzt wurde. Jedesmal war das ganze Dorf auf den Beinen, Alt und Jung, und half mit bei der Treibjagd durch Feld und Wald, Busch und Sumpf. Als ich fragte, ob es denn nicht gefährlich sei, in solcher Nachbarschaft zu leben, erhielt ich zur Antwort: Keineswegs, denn selbst, wenn einer ausbrach von den Gesellen da drüben, dann lief er erst einmal so weit ihn die Beine trugen, ehe er den ersten Einbruch wieder wagte, und zumeist brach er nur ein, um sich Zivilkleider zu verschaffen. Hier aber im Dorf, so hieß es, traute sich keiner vor. Hier – im Schatten des Zuchthauses sozusagen –, hier war man sicher. Darum ließ man nachts das Haustor offenstehen, die Räder lehnten an der Gartenmauer, man sorgte sich nicht.

Man erzählte viel von denen drüben, und man erzählte auch von den Revolten im Ersten Weltkrieg, als es so wenig zum Essen gab überall, im Zuchthaus natürlich am wenigsten, da erlagen die Leute dem Hunger.

Man erzählte auch vom Schmuggel an der Grenze, und wie man die Zöllner oft getratzt und irre gemacht und was man ihnen für Schabernack gespielt hatte; und erzählte auch die schreckliche Geschichte von der Räuberbande, die hier noch vor hundert Jahren ihr Unwesen getrieben und die ganze Gegend in Schrecken versetzt hatte. Eines Nachts war es einem Bauern gelungen, einen der Räuber zu erwischen. Er hatte ihn in einer Art Falle gefangen, als dieser einsteigen wollte, so hing der Räuber jetzt in der Fensterluke und konnte nicht vor und nicht zurück. An beiden Armen band ihn der Bauer fest und: – Morgen, so drohte er ihm, wirst du auf das Gericht gebracht und einen Kopf kürzer gemacht. – Doch so lange dauerte es gar nicht, bis der ertappte Räuber seinen Kopf verlor, denn noch in derselben Nacht verlor er ihn unter den Händen und Messern seiner eigenen Kumpane, damit er sie nicht verriete. Damit er auch nicht erkannt werden konnte, schnitten sie ihm den Kopf ab, zogen ihn aus bis auf die Haut und nahmen Kopf und Kleider mit; so verwischten sie ihre Spuren und retteten sich selbst.

Auch andere schlimme Geschichten wurden mir erzählt, von dem Metzger etwa, der seine Dogge dazu abgerichtet hatte, die Kälber totzubeißen; so ersparte er sich das Schlachten.

Aber auch lustige Geschichten hörte ich, so wie die von der buntbemalten Henne, die man als mexikanisches Zuchthuhn ausgab. Jedermann wollte ihresgleichen züchten, nicht genug Eier konnte sie legen – teuer wurden sie verhandelt –, und bitter war die Enttäuschung, als niemals ein buntes Küken schlüpfte. Oder die Geschichte von der Ziege, die es liebte, im heißen Sommer in einem kühlen Bett zu liegen; jeden Nachmittag schlüpfte sie ins Haus und kletterte in einem unbewachten Augenblick die Treppe hinauf und legte sich, nachdem sie ihre schwarzen Perlen über den Bettvorleger gestreut, auf die blumige Decke und das weiße Kissen.

Ich schrieb nachts in der Werkstatt, wenn alle anderen schliefen, an dem Buch, das ich damals in Arbeit hatte. Ich schrieb die letzten Kapitel und führte bangen Herzens die letzten Korrekturen aus. Es wurde oft ein und zwei Uhr nachts darüber. Da – es war wieder einmal sehr spät geworden – überfiel mich plötzlich unerklärliche Beängstigung. Auf einmal hörte ich die Mäuse unter den Dielen rascheln und die großen braunschwarzen Lederkäfer hinter dem Schrank krauschen, sie hausten dort zwischen Papierrollen und Mappen und nährten sich von dem staubigen Wust. Auf meinem Arbeitstisch stand eine Flasche Kaiserbirnlikör. Ich hatte davon getrunken, ahnungslos und unerfahren im Umgang mit Alkohol, wie ich war. Immer wieder hatte ich mein Glas gefüllt, als handelte es sich dabei um einen harmlosen süßen Saft. Ich spürte meinen Kopf plötzlich so hell und leicht und meine Sinne geschärft für sonst Kaum-Bemerkbares. So wuchs mir das Huschen der Mäuse und das Rascheln der Lederkäfer zu einer Art Lärm an – und als ich aufsah, sah ich, daß in der Ecke über meinem Tisch ein großes Spinnennetz hing, und daß sich in diesem Netz soeben eine Fliege gefangen hatte. Sie summte auf, entsetzt, und versuchte sich zu befreien, sie ließ ihre Flügel schwirren und ihre schwarzen dünnen zitternden Beinchen zappeln. Aber sie kam nicht los von dem klebrigen Faden und klebte nur fester, schon war auch ein Flügel gefangen und nun der zweite. Da sauste die Spinne heran und stürzte sich auf ihr Opfer. Riesig und grau, eine Maschinerie der Mordlust. Und ich – ich schrie laut und gellend auf und stürzte davon.

Im nächsten Jahr kam ich wieder und war wieder in der Werkstatt. Jetzt war auch schon mein jüngstes Kind bei mir, das ich inzwischen geboren hatte und von dem es hieß, es werde einmal hier Herr des Hauses sein. Doch kam dann alles noch einmal anders, denn der Fluß, der große, der seit Urzeiten in rascher Wirbelströmung vorübergezogen war, wurde verbaut, gedämmt und gestaut – und damit heraufgebracht aus seinem alten Bett und den dicht umbuschten Ufern, über das Tälchen mit seinen Weiden, über den Garten mit seinen Treppchen, über den Hof sogar mit seinen Rosenbüschen und Apfelbäumen. Das Haus wurde abgerissen und niedergewalzt, das alte rosa und grün umwucherte mit dem Strohdach, mit den Totenkränzen und den Brautbouquets; auch das neuere Haus mußte weichen, samt Turm und Werkstatt – alles wurde kahlgeschlagen und eingeebnet. Da gluckst nun das Wasser und klatscht gegen die Ufer.

Ich aber lebe mit den Bildern – und in der Nuß.

II.

Kakanische Anekdoten

Wahre Bildung

Die Rekruten der k. u. k. Armee wurden nicht nur im Exerzieren und Griffeklopfen gedrillt, sondern auch im Lesen, Schreiben und Rechnen unterrichtet.
Soeben wird irgendwo in einer ungarischen Garnison so eine Rechenstunde abgehalten. Als Hospitant ist zugegen ein Offizier der befreundeten deutschen Armee, ein Preuße.
Der Ausbilder fragt: – Rekrut Janos, sag Er mir: Wieviel ist acht mal acht?
Janos' Antwort kommt wie aus der Kanone geschossen: – Zu Befehl, Herr Hauptmann, acht mal acht ist achtundachtzig.
Der Ausbilder scheint zufrieden, alle scheinen zufrieden, nur der deutsche Gast gibt Zeichen des Protestes.
Darauf der Ausbilder: – Aber bitt scheen, Herr Kamerad, erstens treiben wir hier nicht höhere Mathematik, zweitens tun wir hier nicht Haare spalten.

Kopf oder Wappen

Doktor Nußbächer in Kronstadt ist ein leutseliger Mann. In seine Ordination kommen nicht nur seine deutschen Mitbürger, es kommen auch Rumänen und Zigeuner; unter den Zigeunern auch Karczi, Primasgeiger der lokalen Zigeunerkapelle.
Karczi kommt nicht nur, wenn er krank ist, er kommt auch sonst einmal, wenn ihn der Schuh drückt.
Eines Tages ist er wieder da, feierlich-verlegen. Er hat seinen Geigerfrack angezogen, sogar ein frisches Hemd, seine Stiefeletten sind gewichst, sein blauschwarzes Sträh-

nenhaar trieft von Pomade. Er muß etwas Besonderes auf dem Herzen haben! – – Also, Karczi, was ist los mir dir? Heraus mit der Sprache!
Karczi legt seine schmelzendste Platte auf: – Wenn der Herr Doktor so gietig wären – – hob ich geheert, hat der Herr Doktor Freind in Wien, hob ich geheert, hat Freind von Herrn Doktor Kaffeehaus und hat, hab ich geheert, Zigeinerkapelle in Kaffeehaus – –
– Na, und was weiter?
– Hat sich Karczi gedacht, bitte scheen und nix fir ungut, möchte Karczi spielen in Kaffeehaus, möchte spielen scheenste Musik, wenn der Herr Doktor so gietig wären und empfehlen mechten den Karczi –?
Dr. Nußbächer wundert sich. Der Karczi hat hier in Kronstadt eine hübsche junge Frau, und er hat auch sein gutes Auskommen, was will er so plötzlich in Wien?
Darauf Karczi unter neuen Bücklingen: – No, mechte sehen Karczi große Wienerstadt – und was die Hauptsache wäre, nix fir ungut, mechte Karczi einmal auch sehen den *Kaiser!*
Aha, den Kaiser! Das ist natürlich ein Grund. Dafür hat Dr. Nußbächer Verständnis. Nun gut, er wird den Karczi empfehlen.
Die Sache läuft, der Freund ist einverstanden, Karczi wird engagiert, fährt nach Wien, geigt dort ein halbes Jahr. Dann kommt er zurück.
Er meldet sich bei Dr. Nußbächer, man weiß doch, was sich gehört, auch ein Zigeuner muß sich bedanken. Wieder hat er seinen Geigerfrack angezogen, wieder hat er ein frisches Hemd, geputzte Stiefeletten, und eine halbe Büchse Pomade im Haar.
– Na, da bist du ja wieder, Karczi! Wars schön in Wien?
– Zu dienen, Herr Doktor, ja, es war scheen.
– Und hast du den Kaiser gesehen?

– Hab ich gesehen den Kaiser, jawoll! Die Antwort klingt reichlich trocken. Dr. Nußbächer wird aufmerksam. – Na, und? Hat er dir nicht gefallen?
– Natierlich hat mir Kaiser gefallen, Herr Doktor, särr gefallen – – is sich ein scheener Herr, ein fainer Herr – – Karczi fuchtelt mit Armen und Beinen, um Doktor Nußbächer von seinem Entzücken zu überzeugen, aber Dr. Nußbächer hat feine Ohren, er kennt seine Pappenheimer, ihm ist ganz klar: Karczi ist vom Kaiser enttäuscht, und er will wissen, warum.
Endlich gibt Karczi zu: – No, is sich doch nur ein Mensch, Herr Doktor, wie Sie und ich.
– Ja, natürlich, ein Mensch, Karczi – – Wie hast du ihn dir denn vorgestellt?
– Verzeihen, Herr Doktor, nix fir ungut, hab ich mir aber Kaiser doch eher vorgestellt wie – Doppeladler.

Umschwung

– Es ist halt schon ein Jammer, klagt ein Liberaler um 1900, ein wahrer Jammer mit der breiten Masse des Volkes. Man kann tun, was man will: Es bleibt indolent, untertänig und hat keinen Schimmer von Bildung.
– Diesen Eindruck habe ich aber nicht, antwortet die Dame. War ich doch neulich wieder in Wien, in der Josephstadt, und suche das Tulpengasserl und finde und finde es nicht. Ich bin schon ganz verzweifelt, da wende ich mich an einen Droschkenkutscher: Sagen Sie mal, wissen *Sie,* wo das Tulpengasserl ist? – Schaut mich der Mann ganz eisig an von seinem Kutschbock und sagt: „Hearn's, was geht denn *Sie* des an, was i waß – und überhaupt! Bittschön sagt man, Sie Trampel!"

Merk's Austria

Das Heiligtum von Delphi ist eine der Hochstätten des griechischen Geistes . . . Regelmäßig werden dort große Feste abgehalten, sie bestehen aus Opferzeremonien, Heiligen Dramen, Musikwettbewerben, Gymnischen Spielen und der ebenso glanzvollen wie kostspieligen Inszenierung von Tragödien und Komödien.
Alle griechischen Staaten senden mit Opfergaben beladene Abordnungen.
Die Ortschaft Delphi erstreckt sich rund um das Heiligtum und lebt ausschließlich vom Fremdenverkehr und vom Orakel, von der Herstellung von Opfermessern, als Personal der Pilgerherbergen, als Tempelbeamte, Fremdenführer, Stelengravierer und als Verkäufer von Devotionalien und Andenken. Sie werden Parasiten des Apollon genannt und sind als habgierig, eitel und faul verrufen.

(Aus Pausanias' Reisebeschreibung,
175 nach Chr.)

Beschimpfung

Maria Theresia gehört zu den glänzendsten Gallionsfiguren, mit denen das alte und auch das neue Österreich durch die Zeiten segelt.
Erst im vergangenen Jahr sah es so aus, als ob wir uns seit jeher als die treuesten Kinder dieser Magna Mater bewährt hätten.
Freilich – es war nicht immer so.
In den zwanziger Jahren (Blütezeit des strikten Austromarxismus) kamen zwei Wiener Hausmeisterinnen mit ihren Streitigkeiten vor Gericht. Die eine fühlte sich durch die andere aufs schwerste beleidigt.
– Hearns, Herr Richter, sagte sie, mir hätt's ja nix ausgemacht, daß sie mich ein Mistvieh genannt hat und eine Sau. Aber dann hat sie mich eine MARIA THERESIA genannt – und das ist mir z'viel.
Der Richter zuckte die Achsel und sprach die Beklagte frei. (So ein Bourgeois!)

Ökumenisch

Ein einziger Papst liegt in Deutschland begraben. Es ist, wenn ich nicht irre, Clemens II: Er lebte kurz nach der Jahrtausendwende, als sich das Abendland schon anschickte, das Heilige Grab zu Jerusalem zu erobern und die Ungläubigen, die es besetzt hielten, mit Stumpf und Stiel auszurotten.

Dieser Papst starb in Bamberg und wurde dort bestattet. Bei einer gründlichen Restaurierung des Domes sollte auch sein Sarkophag geöffnet und auf seinen Inhalt untersucht werden.

Man hatte dazu auch Experten für alte Textilien geholt, denn man nahm an – mit Recht, wie sich's später herausstellte –, daß man den Leichnam des Papstes nicht nackt, sondern in dem kostbarsten aller damals greifbaren Prunkgewänder begraben habe.

Und richtig: als man den schweren steinernen Deckel aufhob, fand man auf den letzten noch nicht zu Staub zerfallenen Gebeinen eine dunkle baumrindenartige Masse, die die vermoderten Reste von oben bis unten umschloß. Vorsichtig löste man die Masse ab und übergab sie den Experten zu weiterer Behandlung. Sie legten sie in destilliertes Wasser und weichten sie auf und wuschen und wuschen in immer wieder erneuerten Wässern und mit den zartesten Mitteln. Allmählich entfaltete sich die schwärzliche Rinde zu einem weiten weißlichen Gewebe und das Gewebe zu einem hauchdünn genetzten, bestickten Schleier arabischer Arbeit der köstlichsten Art. Und der ganze Schleier war mit immer denselben Schriftzeichen wie mit erlesenen Ornamenten durchwirkt.

Nun holte man neue Experten, solche nämlich für altarabi-

sche Schrift, und legte ihnen das Prunkstück vor, und sie entzifferten, was da stand und worin die Leiche des Papstes so lange eingehüllt gewesen war, und es lautete:
Allah ist groß, Allah ist groß, Allah ist groß . . .

Der 14. Juli

Ludwig hatte heute noch nichts erlegt: ein Eber, den man ihm zugetrieben hatte, war ihm echappiert. Ein Hirsch, der auf ihn zugaloppiert war, war von einem anderen Jäger geschossen worden. In Ludwig regten sich Ungeduld und Ärger. Er ritt schneller als sonst. So überholte er die Queue und kam an die Spitze der Jagdgesellschaft. In einem Hohlweg hängte er sie ab, lenkte nach links, gleich darauf noch einmal nach links, so ließ er sie hinter sich vorüberdonnern; ein Einfall erst der Schadenfreude, dann des Übermuts. Jetzt konnten sie ihn suchen. Er gönnte es ihnen. Er stellte sich vor, was geschah, wenn sie begriffen, daß sie ihn, den König, verloren hatten. Er stellte sich vor, wie

sie suchten, nach ihm schrien, Befehle brüllten, Vorwürfe kreischten, Drohungen knurrten. Ludwig kicherte in sich hinein. Er ritt noch schneller, weglos, waldein.
Der Wald, Buche mit wenig Unterholz, war dicht und dunkel. Da und dort ein sumpfiger Graben.
Es war heiß und schwül.
Ludwig genoß es, daß er allein war. Er war sehr selten allein. Es gefiel ihm, daß niemand hinter ihm her war, niemand ihn ansprach, ihm schmeichelte, Ratschläge aufdrängte. Niemand war neben ihm, der ihm ein Riechfläschchen, ein Schnupftuch, eine Pastille reichte. Plötzlich bemerkte Ludwig, daß er auch ohne Waffe war. Wenn jetzt ein Wild vor ihm auftauchte, mußte er es wieder laufen lassen. Ludwig staunte, daß ihm nicht einmal dieser Gedanke die Laune verdarb.
Nach einer Weile hielt er an und lauschte hinter sich. Er glaubte Jagdhörner zu vernehmen, und ganz in der Ferne rufende Stimmen. Jaja, sie riefen nach ihm, sie bliesen Signale. Ludwig lachte laut auf und ritt noch einmal weiter. Der Wald wurde noch dunkler und dichter. Die Gräben vertieften sich. Einmal stolperte das Pferd und hatte dann Mühe, über eine sumpfige Stelle zu kommen.
Ludwig fing an, an seinem hohlen Zahn zu saugen. Er begann darüber nachzudenken, wie dieses Abenteuer enden sollte. Irgendwann einmal mußte er sich ja von den anderen finden lassen. Er wußte nicht mehr genau, aus welcher Richtung er gekommen war. Vielleicht sollte er das Pferd laufen lassen, wohin es wollte. Vielleicht fand es den Weg allein zurück. Es war ein sehr edles Pferd, das einzig würdige, den König zu tragen, so hatte man ihm, Ludwig, versichert. Aber irgend jemand hatte ihn auch gewarnt: Das Pferd sei so hochgezüchtet, daß es vollständig verdummt sei. Ludwig hatte die Warnung nicht beachtet. Jetzt fiel sie

ihm wieder ein. Etwas wie Mitleid ergriff ihn mit dem hochgezüchteten und verdummten Tier. Er fing an mit ihm zu sprechen und tätschelte seinen Hals.
Da vernahm er ein fernes Pochen.
Ludwig versuchte auszumachen, woher es kam. Das Pochen war langsam, aber stetig. Nach einiger Zeit setzte es aus. Dann pochte es weiter. Es klang, als wenn ein einzelner Mann einen Baum fällen wollte. Ludwig ritt auf das Pochen zu. Er erinnerte sich, daß es verboten war, in den königlichen Wäldern Bäume zu fällen, wenn der königliche Hof seine Jagden abhielt. Schwere Strafen waren Zuwiderhandelnden angedroht, vielleicht sogar der Tod.
Trotzdem ritt Ludwig auf das Pochen zu.
Auf einmal war es ziemlich nahe.
Der König stieg ab und band das Pferd an einen abgebrochenen Schaft. Zu Fuß ging er weiter. Unwillkürlich trat er leise auf.
Hier war das Unterholz dicht und verschlungen. Aber schon schimmerte durch die Büsche helles Grün. Dort öffnete sich eine Lichtung. Inmitten einer runden, grasigen Fläche stand eine alte, gewaltige Esche. Sie war es, gegen die die Axt schlug. Ludwig wand sich durch das Dickicht. Ein dumpfes Gefühl hielt ihn davon ab, sein Versteck zu verlassen und sich zu zeigen in Gold, Weiß und Scharlach, wie er gekleidet war. Nun sah er auch den Mann, der auf die Esche einhieb. Er war ein riesiger Kerl in braunen Lumpen, zottelhaarig, dunkelbärtig, mit nackter Brust. Breitbeinig stand er da und holte aus, und die Schneide blitzte, ehe sie ins Holz fuhr. Doch der Baum stand noch ruhig, weithin schattend, unermeßlich stark.
Ludwig wartete. Er hatte alles vergessen: die Jagd, das Pferd, den Ritt durch den Wald, und welchen Streich er gespielt hatte. Er spürte ein Frösteln, das Frösteln der

Spannung. Die Wucht der Schläge war so gleichmäßig wie wütend. Trotzdem glaubte Ludwig nicht daran, daß sie den Baum fällen könnten.
Auf einmal setzten die Schläge aus. Der Mann mit der Axt umkreiste den Baum. Er schien seine Höhe zu mustern, seinen Stamm zu messen. Ludwig bemerkte, daß der Stamm nicht nur an einer Stelle angehackt war. Der Mann kehrte zu seiner Arbeit zurück, er schlug wieder, doch nicht mehr mit voller Kraft. Ludwig dachte: Was hat er? Ist er müde geworden? An eine Gefahr dachte er noch nicht.
Da sah er den Mann mit geschultertem Beil rasch nach hinten verschwinden. Die alte Esche stand einige Sekunden allein in der Lichtung. Plötzlich geriet etwas an ihr in Bewegung, so als drehte sich ihre Achse. Zugleich war ein hartes Reißen zu hören, dann ein furchtbares, berstendes Krachen. Ludwig warf den Kopf in den Nacken. Hoch über ihm breitete sich die Krone, eine Kuppel aus Laub. Ein Schauern lief durch sie hin, das Schauern begann zu rauschen, zu rütteln, es wurde größer, dunkler, immer größer dunkler näher, der ganze Himmel über Ludwig war die stürzende Krone, und unter ohrenbetäubendem Brausen, Donnern und Bersten fegte sie mit peitschenden Ästen quer über die ganze Lichtung und neben ihm zu Boden.
Ludwig lag platt in den Brombeerranken, das Gesicht in den Mulm gepreßt. Er begriff kaum, daß er noch lebte. Nach einer Weile leckte er sich das Blut von den zerkratzten Lippen. Dann begann er lautlos hechelnd vor sich hinzuweinen.
Kurz darauf wurde er gefunden. Seine Jäger hatten das Pferd entdeckt.
Nach Versailles zurückgekehrt, versah Ludwig sein Tagebuch mit einer kurzen Notiz. Er schrieb: *Rien.* Und darunter das Datum: *Le quatorze juillet 1789.*

Unverzeihlich

Ich bin in der Rheinpfalz bei Bekannten zu Gast. Das Dorf besteht aus einem Dutzend Häusern, sie alle sind der Straße entlang aufgefädelt, jeder schaut jedem in den Kochtopf hinein. Meine Gastgeber reichen mich bei ihren Nachbarn herum, bald kennt mich jedermann, und es dauert gar nicht sehr lange, da kenne auch ich jedermann, hier ist das Dorf wirklich noch eine große Familie.

Nur *ein* Haus wird gemieden. Aus diesem Haus kommt weder Besuch noch geht man dahin auf Besuch, man schlägt einen Bogen darum, man sieht gar nicht hin.

Mir fällt das erst gegen Ende meines Urlaubs auf und, ehe ich abreise, frage ich meine Gastgeber: – Was ist denn mit diesem Haus?

Zuerst betretenes Schweigen. Dann erhebt die Großmutter im Winkel ihre knarrende Stimme: – Sind schlechte Leut, sind ganz schlechte Leut.

– Das kannst auch nit sage, widerspricht der Sohn. Habe sie dir mal was Schlecht's getan?

– Wär ja noch schöner, sagt die Großmutter, wenn *die* mir was Schlecht's getan hätten. Aber mit dene Leut kann man sich nit vertrage.

– Wer red't denn von Vertrage? sagt der Sohn. Ich mein ja nur, daß die auch nix dafür könne, was da mal passiert is. – Und ist ja wirklich auch schon lange her. – – Er hält inne, als rechnete er etwas nach, und dann, sich auf den Schenkel schlagend: – Meiner Seel', sind ja auch schon bald zweihundert Jahr!

Zweihundert Jahre! wundere ich mich und denke: Vielleicht hat ein Massenmörder in diesem Haus gewütet – oder was könnte sich denn sonst so Entsetzliches darin zugetragen haben, daß man es zweihundert Jahre lang nicht verzeiht? – Nun will ich Klarheit. Nur widerwillig rückt der Sohn endlich heraus:

– Ja, wissen Sie, da war so a Mädle in dem Haus – und war zu Straßburg und hat sich dort a Geld verdient, ich brauch ja nit zu sagen wie . . . Das is's ja nit, das kommt ja öfters vor, wer wills verdenke? *Aber* – – wie dann die Revolution kommen is, die Französische, da habe sie doch das Mädle auf den Altar gestellt im Straßburger Münschter, *splitternackt,* als Göttin der *Vernunft* – – und so a Schand, die kann man nit vergesse.

Weltruhm

Man plant eine Dokumentation über Lenins Leben. Ein Fernsehteam wird in die Schweiz geschickt, es folgt den Spuren des berühmten Mannes während seines Exils.
Immerhin sind mehr als fünf Jahrzehnte seither vergangen. Es ist gar nicht mehr so leicht, Leute aufzutreiben, die Lenins Wege gekreuzt haben.
In Zürich findet man eine alte Frau. Lenin hat damals im Hause ihrer Eltern gelebt. Man fragt sie, ob sie sich noch erinnern könnte.
Ja freilich, freilich, sagt sie, der Herr Lenin hat bei uns gewohnt, ich weiß es noch genau: so viele Bücher hat er gehabt, überall sind Zeitungen und Papiere herumgelegen, in der ganzen Wohnung war eine große Wirtschaft. Und immer sind so viele Herren auf Besuch gekommen, mit großen Bärten, und haben die halbe Nacht geredet und haben Lärm gemacht und haben geraucht und schrecklich viel Tee getrunken. Ja, und dann – dann ist der Herr Lenin weggezogen, und *niemand* hat jemals wieder von ihm gehört.

Spanisches Hofzeremoniell

Der große Regisseur wohnte höchst prunkvoll in dem großen schönen berühmten Schloß.
Da er ein wirklich großer Regisseur war, führte er Regie bei allen Anlässen.
Seine Gäste wurden immer stilgemäß empfangen, bewirtet, beherbergt und entlassen.
Eines Tages hatte sich ein Mitglied des ehemals regierenden Erzhauses, ein Erzherzog, als Gast angesagt. Der große Regisseur wollte dem Erzherzog zeigen, daß er ihn auch in der Tat erzherzoglich empfangen konnte. Er studierte das Spanische Hofzeremoniell und alle seine Vorschriften.
Der Abend verlief glänzend. Als der Erzherzog gegen Mitternacht den Wunsch äußerte, sich in sein Zimmer zurückzuziehen, erloschen alle Lichter.
Sechs livrierte Diener traten ein, sie hielten brennende Fackeln und formierten eine Gasse, denn nach Spanischem Hofzeremoniell hatte das Zubettgehen eines Erzherzogs mit nicht weniger als sechs Fackelträgern zu erfolgen. Der Erzherzog wußte nicht recht, wie ihm geschah. Er zögerte und blickte unsicher umher, von den Fackelträgern zum Hausherrn und von ihm zu dem erloschenen Luster an der Decke.
Ah ja, sagte er dann, ich versteh': *Ihr habt's an Kurzen.*

Erstklassiges Lokal

Wir waren – nach Jahren wieder einmal – bei Tomaselli in Salzburg, und es gefiel uns dort wie eh und je. Da war noch dieselbe alte Vertäfelung der Wände in rotem Mahagoni, dasselbe gemütlich verschnörkelte Mobiliar, derselbe vorzügliche Kaffee, die gleichen knusprigen Kipfel; derselbe höfliche Ober, dasselbe liebe, ein bißchen verzopfte, nobel beklopfte Salzburger Publikum. Wir dachten: Wieviel hat sich doch verändert auf der Welt und auch in dieser Stadt, aber der Tomaselli –, der Tomaselli ist immer noch wunderbar.

Als der Ober zum Kassieren kam, wollte ich ihm ein Kompliment machen. – Sagen Sie mir, Herr Ober, wie stellen Sie es nur an, daß Sie immer noch ein so erstklassiges Publikum haben?

Der Ober lächelt geschmeichelt und verbeugt sich, er verbeugt sich noch einmal tiefer für unser Trinkgeld, wir stehen auf und wollen gehen.

Draußen regnet es in Strömen

Wir suchen unseren Schirm.

Er ist gestohlen.

Der Alte

In einem niederbayerischen Städtchen wurde zum erstenmal ein sozialdemokratischer Bürgermeister gewählt.
Der Mann geht mächtig ins Zeug. In der ersten Gemeinderatsitzung verkündet er, nun müsse alles anders werden. Man müsse alle Probleme aufgreifen, durchdenken, durchleuchten, bis auf den Kern durchforschen, Bewußtsein bilden. Eine lange Rede. Endlich macht er Schluß und setzt sich nieder.
Nun ist der Zweite Bürgermeister an der Reihe. Es ist der alte, abgewählte, der von der Union.
Der steht ganz langsam auf, stützt sich breit auf den Tisch und spricht einen einzigen Satz:
– *Dumm werd'n ma sein und nachdenka.*

Das Zuchtschaf

Der Schriftsteller Erwin W. sah aus wie ein schöner Zigeuner, er war feurig, eloquent und begabt. Er stammte aus Siebenbürgen und pendelte während des Krieges – in allerlei Missionen unterwegs – zwischen seiner Heimat in Rumänien und Deutschland hin und her. Damals war Rumänien mit Deutschland verbündet.
Erwin W. war wieder einmal in Bukarest.
Dort lernte er den neuen finnischen Botschafter kennen. Auch Finnland war ein verbündeter Staat.
Der finnische Botschafter trug ihm ein Anliegen vor.
Er habe ein Zuchtschaf ausfindig gemacht, ein prachtvolles Zuchtschaf aus dem Baragan, genügsam und trotzdem ergiebig an Fleisch, Wolle und Milch. Ach, wenn doch auch Finnland über solche Schafe verfügte!
Erwin W. zeigte Verständnis für diesen Wunsch.
Aber leider, leider, fuhr der andere fort, verfüge Finnland nur über minderwertige Rassen. Wenn es aber gelänge, das kostbare Tier aus dem Baragan nach Helsinki zu bringen, könnte der ganzen finnischen Schafzucht auf die Beine geholfen werden.
Erwin W. war bereit, das zu glauben.
Und deshalb wolle er, der finnische Botschafter, das Zuchtschaf in sein Vaterland schaffen. Dort könnte es seine segensreiche Wirkung entfalten. Was habe Finnland nötiger als Wolle, Fleisch und Milch nach langem Kampf und harten Entbehrungen? Das Zuchtschaf konnte alles liefern, es konnte kriegsentscheidend wirken – wenn es nur gelänge, es zu befördern!
Das müßte doch zu machen sein, meinte Erwin W.
Aber wie, aber wie? – Der finnische Botschafter geriet rein

aus dem Häuschen. Er müßte das Zuchtschaf persönlich mit sich führen dürfen. Morgen gehe sein Zug, Schlafwagen Erster Klasse über Budapest–Wien Richtung Suomi.
Erwin W. dachte nach. Er wollte dem verbündeten Diplomaten gefällig sein. Er kannte alle Schlafwagenschaffner zwischen Budapest und Hamburg. – Lassen Sie mich nur machen, sagte er, wir werden das Schaf befördern.
Am nächsten Tag reiste auch er ab, im selben Schlafwagen. Der Finne erschien mit dem Zuchtschaf. Der Schlafwagenschaffner stand Kopf.
Erwin W. legte sich ins Zeug: Das Schaf müsse mitkommen. Unbedingt. Der Schaffner solle bedenken: Das verbündete Finnland. Es brauche das Schaf. Es warte darauf. Nichts könne Finnland vor dem Hunger retten als dieses Schaf. Nichts könne den Sieg garantieren als dieses Schaf. An diesem Schaf hinge die Kriegsentscheidung.
Natürlich wurden W.s Argumente durch ein kräftiges Trinkgeld untermalt. Das Schaf bestieg – nicht ohne Nachhilfe – den Schlafwagen. Es teilte das Single des Botschafters. Aber des Schlafwagenschaffners zartes Gewissen war so leicht nicht einzulullen.
Schon war der Zug in Fahrt, da klopfte er bei W., mit leidender Miene. – Hören Sie, Herr Doktor, sagte er, hören Sie! *Es mäht. Es mäht.* Hören Sie nicht, wie es *mäht?*
Ja, in der Tat, es *mähte.* Über den Fahrtgeräuschen war ein leises jammerndes Blöken zu vernehmen. Erwin W. versuchte den Schaffner zu trösten. Neuer Appell an Einsicht, Großmut, Verbündetensolidarität – dazu neuer Bakschisch. Trotzdem wurde Erwin W. bald wieder aus dem Abteil herausgeklopft. – Herr Doktor, Herr Doktor, es *macht!* Sehen Sie, bitte, selbst, es *macht.*
W. mußte den Gang entlang und das Corpus delicti in Augenschein nehmen: ein Bächlein unverkennbarer Her-

kunft schlängelte sich unter der Abteiltür des Botschafters hervor.
Schon ermattet, versuchte Erwin W. neue Tröstungen.
Bald darauf graute der Morgen. In Budapest stieg man aus. Man fuhr mit Kutsche und Schaf ins vornehme Hotel Gellert.
Dort ging die Geschichte von neuem los. Der Portier war entrüstet: – Wie, ein Schaf? Ein Schaf wollte das Gellert beziehen? Im Gellert habe noch nie ein Schaf übernachtet. Wohl Hunde, Katzen, Papageien, sogar einmal ein Affe. Doch ein Schaf –? Unmöglich.
Auch hier entfaltete Erwin W. patriotische Beredsamkeit: Zucht und Rasse, Krieg und Ernährungsbasis; dazu, versteht sich, neue Scheine.
Endlich wurde dem Schaf gestattet, das Bügelzimmer zu beziehen. Am anderen Morgen Weiterreise nach Wien. Gemeinsam verließ man den Zug, der Finne sehr wohlgelaunt.
Er erkundigte sich nach W.s Wiener Quartier.
W. gab ihm Anschrift und Nummer.
Am Abend läutete es. In der Muschel des Finnen freudig tremolierende Stimme: – Herr Doktor! Herr Doktor, kommen Sie gleich. Es ist schon fertig.
– Fertig? – W. staunte. Was sollte denn fertig sein?
– Na was? Das Schaf! Es ist schon gebraten.

Unpassende Metamorphose

München lag im Bombenhagel des Zweiten Weltkriegs. Auch das Siegestor wurde getroffen. Die bronzene Siegesgöttin verlor den Kopf und kippte ab. Auch die vier Löwen machten einen Satz und gingen samt der Quadriga zu Boden.

Die Trümmer wurden aus dem Schutt gelesen und in die benachbarte Akademie der bildenden Künste gebracht. Dort wurden sie in einem Kellerraum gelagert.

Jahre vergingen. Der Krieg war zu Ende, München wurde wieder aufgebaut. Lange Zeit wagte man nicht, das Siegestor zu restaurieren. Schließlich aber hatte sich das Bayerische Selbstbewußtsein so weit erholt, daß es sich an das heikle Thema wagte.

Das Siegestor sollte neu gekrönt, Göttin, Quadriga und Löwen sollten wiederhergestellt werden.

Man beauftragte einen Bildhauer, der geköpften Dame einen neuen Kopf aufzusetzen, auch die Löwen zu flicken, die Quadriga von neuem flottzumachen. Man las die Trümmer zusammen und fand sie vollzählig – bis auf eine Ausnahme.

Einem Löwen fehlte das Hinterteil, Schwanzansatz und die darunterliegende Anatomie waren abhanden gekommen. Wer hatte sich an ihnen vergriffen? Man verdächtigte den Hausmeister der Akademie. Der Hausmeister verwahrte sich. Er war ein ehrlicher Mann.

Hatte denn sonst jemand Zutritt gehabt zu dem Keller? Der Hausmeister sagte: Nein. Doch nach einiger Zeit besann er sich: Ein Professor der Schönen Künste habe einmal den Schlüssel entliehen. Der Professor, befragt, verwahrte sich seinerseits. Aber dann gab er zu:

Es war bald nach dem Krieg. Ein amerikanischer General gab ihm den Auftrag, ihn, den Sieger, zu porträtieren. Natürlich in Bronze. Bronze war rar. Alles war rar.
Der Löwe half aus.

Gedämpfter Mutterstolz

Die junge Mutter ist verliebt in ihre kleine Tochter. Da sie selbst humanistisch gebildet ist, hat sie auch in dieser Hinsicht für ihre Tochter große und größte Rosinen im Kopf.
Die junge Dame geht eben in die dritte Volksschulklasse. Sie bekommt ein Poesiealbum geschenkt. Die erste, die hineinschreiben soll, ist natürlich die Mutter.
Die Mutter überlegt sich lange einen passenden Sinnspruch. Sie möchte darin alles zusammenfassen, was sie für die kleine Tochter erhofft, für sie erwartet: kurz, ein Motto fürs ganze Leben.

Schließlich holt sie ihren „Goethe“ herbei, blättert und findet den Vierzeiler:

Alles geben die Götter, die unendlichen
ihren Lieblingen ganz,
alle Freuden, die unendlichen,
alle Schmerzen, die unendlichen, ganz.

Diesen Spruch schreibt sie ein.

Das kleine Mädchen liest ihn, zuckt die Achsel und steckt das Album in die Schultasche. Morgen soll die Freundin etwas hineinschreiben. Zwei Tage später kommt die Kleine glückstrahlend nach Hause. – So etwas Schönes hat ihr die Freundin eingeschrieben, so etwas Wunderschönes! – Die Mutter schlägt das Album auf und liest:

Lebe glücklich, lebe froh,
wie der Mops im Paletot,
der auf einem Sopha saß
und ’nen Korb voll Äpfel fraß.

In ewiger Liebe

Deine Putzi

Der König der Wüste

Eines Tages stellt die Mutter mit Entsetzen fest, daß ihr kleiner Jockl noch nicht lesen kann.
– Zehn Jahre bald – und noch nicht lesen können! Das muß anders werden, spricht die Mutter und holt ein Buch.
– Hier! Lies!
Jockl zerdrückt einige Tränen. Die Mutter bleibt hart.
– Fang an!
Jockl beginnt. Mit Mühe buchstabiert er eine Überschrift:
DER – LÖ-WE –
Nur weiter! sagt die Mutter.
Jockl, Rotz und Wasser im Gesicht, schluckt und schluchzt.
Der – Lö-we ist der – K-K-König – der – Wü-ste. An – an – seinem – Sch-Schwanz hat er – eine – eine – eine –
Das Folgende bereitet Jockl Qualen.
Eine? fragt die Mutter mit schon schriller Stimme.
Jockl windet sich. Er wird beinahe blau vor Anstrengung. Aber plötzlich geht ein Leuchten über sein Gesicht, er hat die Lösung:
An seinem Schwanz hat er eine OASE.

Diagnose

Ich hatte eine alte Tante, die ich oft besuchte.
Eines Tages sagte sie: – Ich war beim Augenarzt und, stell dir vor, er hat festgestellt: ich habe Star.
– Oh, das ist aber schlimm, sagte ich. Welchen Star hast du denn, den grauen oder den grünen?
– Das weiß ich nicht, antwortete die Tante. Ich muß das nächstemal den Arzt fragen.
Eine Woche später erhielt ich eine Karte.
Inhalt: Liebe Gertrud, ich war jetzt wieder beim Augenarzt, um mich zu erkundigen, welchen Star ich habe. *Ich habe den gr. Star.*
Aha, dachte ich, den *gr* Punkt *Star,* den grünen, grauen – ja, welchen Star denn?
Bei meinem nächsten Besuch fragte ich die Tante: – Was hast du denn nun für einen Star?
– Das habe ich schon wieder vergessen, sagte sie.
Ich erfuhr es nie mehr, bis zu ihrem Tod.
(Doch sie starb gänzlich erblindet.)

Kindermund
oder
Der Beginn der Philosophie

Die Vierjährige geht mit ihrem Großvater spazieren. Die Straße ist aufgerissen, man gräbt einen Kanal.
Die Kleine steht am Rand der Grube, schaut respektvoll hinunter, dann sagt sie: – Das ist aber ein großes Loch.
Der alte Herr kann es ihr nur bestätigen: – Ja, das ist wirklich ein großes Loch.
Die beiden gehen weiter.
Die Kleine ist ganz in Gedanken versunken. Nach einer Weile läßt sie sich wieder vernehmen: – So ein Loch kann man aber nicht essen.
Der Großvater ist überrascht, daß die Kleine die Unmöglichkeit, ein solches Loch zu essen, in Betracht zieht. Doch er kann es ihr wieder nur bestätigen: – Nein, so ein Loch kann niemand essen.
Die Kleine denkt weiter nach. Dann: – Aber du sagst doch immer: Kinder müssen *alles* essen, weil sie sonst nicht wachsen.
– Das ist auch richtig, nickt der alte Herr.
– Können wir also wachsen von etwas, was wir gar nicht essen können? fragt die Kleine.
– Jetzt wird es schwierig, gibt der Großvater zu. Das kann ich dir nicht sagen.
– So müssen wir doch nicht alles essen, ruft die Kleine triumphierend, weil sonst das Loch noch mehr wächst als wir – und – Was machen wir dann?

Die Ermahnung

Die alte Dame verabschiedete den jungen Mann. War sie seine Mutter? Wohl eher seine Großmutter. Sie verabschiedete ihn zärtlich.

Sie stand auf dem Bahnsteig, er am offenen Fenster. Ich saß daneben und hörte zu.

– Vergiß deinen Mantel nicht. Laß deine Mütze nicht liegen. Geh in den Speisewagen. Vergönn dir ein gutes Essen. Rauch nicht zuviel. Schwimm nicht zu weit ins Meer hinaus. Es soll dort Haifische geben.

Der junge Mann trat ungeduldig von einem Fuß auf den anderen. Immer wieder fixierte er die Bahnhofsuhr. Wann fuhr man denn endlich ab?

Die alte Dame rang um jede Sekunde. – Leb wohl, leb wohl! Und schreib mir gleich. Oder besser: Ruf mich an! Wirst du mich anrufen, Kind?

Das Kind von zwanzig Jahren nickte.

Endlich war es soweit. Die Räder begannen zu rollen. Die alte Dame streckte die Hand hoch in der Hoffnung, die Hand des Jungen zu erreichen. Sie erreichte sie nicht mehr. Sie machte zwei, drei holpernde Laufschritte neben dem fahrenden Wagen und rief mit dem Ausdruck liebevoller Verzweiflung: – Und gib acht, gib acht, daß der Zug nicht entgleist!

Spontanes Verhalten

Reiner schwört auf spontanes Verhalten. Auch seine junge Frau Sonja schwört darauf. Natur ist für die beiden alles. Eigentlich schämen sie sich, ein Auto zu fahren. Noch ist ihre Scham nicht stark genug, um ihre kleine grüne Ente, dieses *Zivilisationsprodukt,* loszuschlagen und von nun an nur noch zu Fuß oder zu Rad . . . aber was nicht ist, kann noch werden.
In der Nähe der Stadt wird ein neuer Tierpark eröffnet. Das Besondere an diesem Tierpark ist, daß die Tiere nicht hinter Gittern gehalten werden. Sie sind, mindestens sommerlang, sozusagen auf freier Wildbahn: Elefanten, Zebras, Affen und Giraffen bewegen sich auf offenem Areal fast wie daheim in afrikanischer Savanne. Reiner und Sonja finden das großartig. Das wollen sie sich ansehen.
Mitten durch den Tierpark führt eine Autostraße. Nur Autoinsassen ist der Besuch gestattet. Keiner wird eingelassen, der sich nicht verpflichtet hat, in seinem Wagen zu bleiben, ja sogar die Fenster geschlossen zu halten. Nur aus der Blechkiste dürfen die Geschöpfe der Wildnis betrachtet werden.
Jeder Wagenlenker, der durch das hohe Gittertor einfährt, muß unterschreiben. Auch Reiner unterschreibt. Dann fährt er. Zuerst ist nicht viel Interessantes auszumachen. Irgendwo schwankt ein Wipfel. Hat eine Giraffe an ihm genascht? Irgendwo schnellt ein Ast. Hat sich soeben ein Äffchen an ihm geschaukelt? Endlich geschieht es: ein kräftiger Elefant betritt die Fahrbahn.
Reiner hält.
Der Elefant scheint ihnen beiden sehr possierlich. Er schwenkt den Rüssel, er klappt mit den Ohren. Seine

Äuglein blinzeln geheimnisvoll-weise. Sonja kann der Versuchung nicht widerstehen. Sie öffnet das Fenster. Der Elefant scheint das Zeichen zu begreifen.
Der längst ersehnte Kontakt mit der Natur beginnt.
Sonja bietet dem Elefanten eine Banane. Im Nu wird sie ergriffen und verzehrt. Sonja kramt ein Käsebrot aus ihrer Tasche. Mit elegantem Schwung hievt es der Elefant empor und unter seinen Rüssel. Ein zweites folgt sogleich, zu Sonjas und Reiners Gaudium noch im Plastiksäckchen. Dann flattert Sonjas buntes Halstuch hoch: gefressen. Reiner und Sonja lachen laut. Noch lachen sie.
Doch der Dickhäuter ist nicht zufrieden. Er will mehr. Er schnofelt, er greift, er greift immer tiefer in den Wagen. Sonja kriegt's mit der Angst zu tun. Sie flüchtet in Reiners Arme. Mit Entsetzen fühlt sie ein energisches Zupfen an ihrer Bluse. Was will das Untier? Sonja beginnt zu schreien. Reiner, in Panik geraten, kurbelt das Fenster hoch. Doch diese Maßnahme schlägt fehl. Sie mißfällt dem Elefanten. Sein Rüssel ist eingeklemmt. Kein Elefant mag so was leiden. Der unsere antwortet mit einem Fußtritt, es kracht. Mit einem seiner schweren grauen Säulenbeine hat er der Ente die Seite eingetreten.
In rasender Eile korrigiert Reiner sein falsches Verhalten. Er kurbelt das Fenster wieder herunter, der Elefant zieht seinen Rüssel ins Freie, doch ist sein Zorn nicht verraucht. In weitem Bogen holt der Rüssel aus. Obwohl Reiner Gas gibt, erreicht er noch das Wagendach. Mit gewaltigem Schlag beult er es ein.
Reiner und seine junge Frau rasen geschockt davon.
Ihre Liebe zur Natur ist für den Augenblick sehr eingebremst. Der Wagen schwer beschädigt, womöglich ruiniert. Verdammter Elefant, verfluchte Bestie. Es ist ja Wahnsinn, so etwas frei herumlaufen zu lassen.

Reiner und seine junge Frau wenden und fahren an das Gittertor zurück. Sie parken vor dem Verwaltungsgebäude des Tierparks und verlangen, noch bleich vor Schreck, den Direktor zu sprechen.
Sie werden vorgelassen. Zuerst sind sie mächtig in Fahrt, schimpfen auf den Elefanten, beklagen sich und melden Ansprüche an auf die Vergütung des Schadens. Der Direktor hört ihnen den Vorgang ab. Dann greift er nach dem Telephon. Er murmelt in die Muschel. Eine kleine Weile später werden ihm Papiere gebracht. Eins davon schiebt er Reiner unter die Nase: Reiners Unterschrift. Er selbst trage Schuld und damit den Schaden.
Geschlagen und verwirrt ziehen die beiden ab. In der nächsten Schenke versuchen sie sich von ihrem Mißgeschick zu erholen. Reiner verfällt der Versuchung, sein Elend herunterzuspülen. Sonst dem Alkohol abgeschworen, trinkt er heute über Durst und Ärger. Bei einbrechender Dunkelheit fahren sie endlich heimwärts.
Auf der Autobahn ereignet sich vor ihnen ein Auffahrunfall. Sie müssen warten, warten in der Kolonne. Alle, die vorbeikommen, registrieren die schwerbeschädigte Ente mit teils mitleidigen, teils spöttischen Blicken. Ein junger Schutzmann patrouilliert die stehende Kolonne entlang. Auch ihm fällt der eingebeulte Wagen auf. Er tritt hinzu und fragt: – Wie ist denn das passiert?
Reiner, noch immer voll Zorn und Elend, schreit ihm entgegen: – Schuld ist der Elefant. Nur er ist schuld, der Elefant.
Der Schutzmann stutzt. Eine merkwürdige Auskunft. Will der Mann ihn hänseln – oder ist er betrunken? Der Schutzmann bringt sein Gesicht noch näher an Reiner heran. Er schnuppert. Er winkt. Er läßt Reiner aus der Kolonne scheren. Dort steht der Streifenwagen schon

bereit. Reiner muß in das Röhrchen blasen. Seine Frau weint. Bald weint auch Reiner.
Die arme kleine grüne Ente wird amtlicherweise abgeschleppt.
Das Verfahren rollt.
Der Führerschein wird eingezogen.
Die moralische Position ist, wenn auch nicht ganz spontan, erreicht.

Die Wurst
oder
Unwillkommene Aufklärung

Der Dorfplatz lag leer im blendenden Mittagslicht. Stoffel saß im Holunderbaum und sah hinüber auf Minnies Haus: alle Fenster geschlossen. Die Tür versperrt. Vor drei darf Minnie nicht heraus. Ihre Großmutter sagt: Minnie muß schlafen. Minnie ist dünn. Minnie muß essen. Minnie muß ruhen. Sonst wird sie tuberkulös, wie ihre Mutter. Minnies Mutter ist an Tuberkulose gestorben. Minnie soll leben. Drum ist sie in den Ferien hier auf dem Land. Minnies Großmutter möchte Minnies Backen runder, möchte Minnies Backen röter. Im Herbst muß Minnie doch wieder in die Stadt. Stoffel denkt: Nie soll es Herbst werden. Nie. Nie. Nie. Stoffel kauert und wartet. So wartet er jeden Tag, im Holunder am Dorfplatz. Jeden Tag wird es drei. Jeden Tag wird, wenn es drei ist, die Tür geöffnet. Minnie kommt aus dem Haus: ein kleines Mädchen von zehn, mager, blauäugig, blond mit schmalem Pagenkopf auf dünnem Vogelhals. So steht sie und wittert nach rechts, nach links. Dann sieht sie Stoffel und hüpft auf ihn zu.
So ist das täglich um drei.
Aber heute geschieht etwas anderes. Ein Mann kommt aus dem unteren Dorf geradelt. Der Mann ist fremd. Auf einem Arm trägt er eine Lage Papier. An der Fahrradbalance schaukelt ein Eimer, darin ein Pinsel. Der Mann steigt ab. Er tritt an die Wand, an der in Stoffels Dorf Plakate zu hängen pflegen. Schon lange hat niemand mehr ein neues Plakat geklebt. Der Mann betrachtet die Fläche, von der ein paar bunte Fetzen herunterhängen. Er nimmt seinen Eimer

und seinen Pinsel. Die Papiere hat er neben sich auf den Gehsteig gelegt. Mit dem Pinsel bestreicht er die Fläche. Dann holt er ein Papier. Er rollt es auf, drückt es an, streicht es glatt. Streicht es noch einmal glatt und steigt auf sein Rad. Mit Eimer, Pinsel und den Plakaten radelt er weiter.
In diesem Augenblick schlägt es drei. Stoffel ist von dem Holunderbaum heruntergeglitten, steht vor der Wand und liest. Hinten öffnet sich eine Tür. Langsam kommt Minnie heran. Mit Stoffel zusammen liest sie, was das Plakat zu verkünden hat.
Das Plakat verkündet: Ein Zirkus kommt, ZIRKUS MARONI. Sie haben von Zirkus Maroni noch nichts gehört? Unglaublich. Er gehört zu den berühmtesten Zirkussen der Welt. Sie werden staunen, wenn Sie eine Vorstellung besuchen. Zirkus Maroni bietet Elefanten, radfahrende Affen, Tiger, die durch Reifen springen – und als Sensation aller Sensationen *Arro, das musikalische Wunder.* Arro ist ein Hund. Ein Hund, der Klavier spielen kann.
Die Kinder lesen das Plakat von oben bis unten. ZIRKUS MARONI. ZIRKUS MARONI. Ist es nicht wunderbar, daß sich ein so berühmter Zirkus herabläßt, hier in Stoffels Dorf aufzutreten? Sogar Minnie scheint beeindruckt. Sie zeigt Lust, die Elefanten, die radfahrenden Affen, die springenden Tiger zu sehen. Nur was Arro, das musikalische Wunder, betrifft, gibt sie sich überlegen. – Kein Hund kann Klavier spielen, entscheidet sie. Das ist Schwindel.
– Aber es steht hier auf dem Plakat, sagt Stoffel. So wird es auch wahr sein.
– Unsinn, sagt Minnie. So was Dummes kann man auch nur euch Bauern vormachen. – Und stakt davon.
Stoffel ist tief gekränkt. Dennoch ist er bereit, Minnie in den Zirkus zu begleiten. Minnies Großmutter hat ihm angeboten mitzukommen. Sie zahlt die Karten. Stoffels Eltern

könnten das nicht.
Dann sitzen sie alle drei am Abend in der vordersten Reihe und erwarten den Beginn.
Zuerst kommt ein dummer August, der herumspringt und Purzelbäume schlägt. Die Leute lachen. Stoffel bemerkt mit Genugtuung, daß auch Minnie ein wenig lacht. Ach, denkt Stoffel, wenn doch bloß der Hund wirklich Klavier spielen könnte!
Dann kommt der Affe Bimbo dran. Er hat einen roten Paletot und eine blaue Kappe. Er watschelt rund um die Manege. Dann springt er auf sein Rad. Ja, er fährt Rad, drei, vier, fünf Runden. Bei der letzten trägt er sogar einen großen gelben offenen Regenschirm. Die Leute klatschen Beifall. Auch Minnie klatscht.
Dann wird der Elefant hereingeführt. Auch er hat sein Kunststück gut gelernt. Dann der Tiger. Noch einmal kommt der dumme August. Noch einmal fährt der Affe Rad. Aber Stoffel wartet jetzt nur noch auf Arro, *das musikalische Wunder*. Mit Herzklopfen.
Endlich ist es soweit. Ein Pianino wird hereingerollt und ein Mann führt einen mageren schwarzfleckigen Boxer herein. Der Mann fordert einen Tusch für seinen Begleiter: – Sie sehen hier den hochberühmten Arro. Ja, er ist es, von dem die Welt spricht. Er ist es, den Tausende anzustaunen nicht müde werden: der einzige Hund, der Klavier spielen kann. Von vielen bewundert, von keinem erreicht, ein Virtuose!
Der Mann führt Arro rundum. Die Kapelle spielt den Triumphmarsch, die Leute applaudieren. Dann führt der Mann Arro ans Klavier. Stoffel späht nach Minnie. Sie sitzt in sich zusammengekauert, das Kinn in den Fäusten, ihre Augen ganz starr wie aus Glas.
Der Mann hat Arro auf dem Klavierhocker Platz nehmen lassen. Heute, verkündet er, wünscht Arro einen Walzer zu

spielen. – Nicht wahr, Arro, einen Walzer? – Arro bellt zustimmend und legt die Pfoten auf die Tasten. Der Mann schlägt ein Notenheft auf, denn Arro spielt vom Blatt. Dann geht es los.
Taramtataa – taramtataa!
Arro spielt schön. Er greift Akkorde, läßt Triller klingen, sein kurzer Stummelschweif gibt den Takt, sogar das Pedal bedient er mit lang ausgestrecktem Hinterlauf. Stoffel lauscht atemlos. Bei der zweiten Coda kann er nicht mehr an sich halten, er beugt sich vor, grinst Minnie ins Gesicht und stößt sie in die Rippen: Na, spielt er nun Klavier oder nicht? Minnie zuckt zusammen, verzieht den Mund und murmelt: – Alles Schwindel.
Gleich darauf ist die Vorstellung aus. Von Beifall umtost, verläßt Arro die Arena. Minnie hat der Großmutter Hand gefaßt und zerrt sie vorwärts auf kürzestem Weg nach Haus.
Aber am nächsten Tag geschieht etwas Merkwürdiges. Minnie erscheint in Stoffels Haus. Das ist bis jetzt nur selten vorgekommen. Noch dazu ist sie heute ganz kleinlaut und freundlich: Nein, das habe sie nie gedacht, daß ein Hund Klavier spielen kann – und noch dazu so schön. Sie möchte Arro noch einmal Klavier spielen hören. Ob Stoffel so gut sei, noch einmal mit ihr in den Zirkus zu gehen? – Sie zeigt Stoffel das Geld vor. Es reicht für zwei.
Stoffel ist glücklich. So lieb war Minnie noch nie. Endlich hat sie eingesehen, daß sie unrecht hat. Endlich muß sie zugeben: Auch auf dem Dorf gibt es Sensationen.
Am Abend ist alles wie das erstemal: der Affe radelt, der dumme August macht dieselben Späße, der Elefant schwenkt seinen Rüssel, der Tiger macht einen müden Satz. Schließlich erscheint auch Arro wieder, wird präsentiert und nimmt auf dem Klavierstuhl Platz. – Heute wird er eine Polka spielen, nicht wahr, Arro, eine Polka?

Arro blafft kurz und etwas heiser.
Dann geht's los. Arro spielt, gibt Takt und Pedal, dann und wann hört man seine Klauen ein wenig auf den Tasten klappern. Dann aber passiert es. Minnie springt auf, springt vor und wirft – was wirft sie denn bloß? – mit vollem Schwung in die Manege und knapp paar Handbreit neben Arros Sitz . . . Arro wendet den Kopf, die Flügel seiner Nase vibrieren, mit einem Satz ist er vom Hocker unten und hat die Wurst im Maul. Denn Minnie, die schlimme Minnie, hat ihm eine Wurst in die Manege geworfen.
Warum soll Arro die Wurst nicht fressen? Warum ist es eine Katastrophe, daß Arro die Wurst verschlingt? Ist denn nicht auch ein Klavier spielender Hund noch immer ein Hund? Jedermann könnte dem Künstler den Leckerbissen gönnen, zumal gerade dieser Künstler besonders mager und abgezehrt und hungerleiderisch aussieht.
Das Unglück besteht darin, daß das Klavier allein weiterspielt. Die Polka geht weiter, ganz ohne Arros Zutun.
Das Publikum explodiert vor Gelächter. Einige pfeifen. Andere klatschen wie wild. Der Hundedresseur versucht Arro die Wurst zu entreißen. Arro flüchtet, um die letzten Bissen zu verschlingen. Der Hundedresseur zieht die Peitsche. *Das musikalische Wunder* verschwindet im Hintergrund.
Minni streckt dem entsetzten Stoffel die lange spitze boshafte Zunge heraus.
Stoffel kann in dieser Nacht nicht schlafen. Er schluchzt wütend in sein Kissen. Sein Herz fließt über von Gram und Groll, von allen Bitterkeiten tief gekränkter Liebe.
Drei Tage später sind Minnies Ferien zu Ende. Sie stolziert noch einmal durchs Dorf. Seit drei Tagen hat sie Stoffel nicht mehr gesehen. Nun möchte sie doch von ihm Abschied nehmen.

Stoffel, Stoffel, wo bist du?
Kein Stoffel weit und breit.
Obwohl es regnet, streift Minnie immer noch eine Gasse entlang. Sie hüpft über Pfützen, sie watet durch Kot. Auf einmal trifft sie ein Wurfgeschoß, warm, weich und schmierig-ekelhaft, im Nacken. Minnie kreischt auf und dreht sich um.
Stoffel bückt sich soeben nach dem nächsten Roßapfel.
Minnie rennt.
– Das ist für die Wurst, schreit Stoffel hinter ihr. Das ist für die Wurst!
Minnie flüchtet.
Nie mehr wird Minnie im Dorf gesichtet.
Nie mehr wartet Stoffel in einem Holunderbaum.

III.

Zeit für Kellerhälse

Ein Epos aus unseren Tagen in sieben Abschnitten mit einem Vor-Wort

Wäre ich ein Autor, der etwas auf sich hält, ich würde diese Geschichte nie schreiben, ich würde mich schämen, eine heitere Geschichte zu schreiben. Ein Autor, der heute etwas auf sich hält, schreibt nur das Unglück dieser Welt. Er *watet* im Unglück. Er ist darauf eingeschworen. Bestenfalls toleriert er schwarzen Humor, Gruselgroteske. Aber Heiterkeit? Nein. Heiterkeit hat bei uns ausgespielt. Wir haben ihr das Heimatrecht bei uns abgesprochen. Wir haben sie exiliert.

Dafür haben wir uns der Melancholie ergeben. Seit dreißig Jahren züchten wir unser Unbehagen im Glashaus der Verwöhnung, im locker beharkten Mistbeet unseres Wohlstands, wir züchten Trauer, Wut, Groll, Scham und haben dabei schon erstaunliche Ernten erzielt. Wir haben die schwarze Pflanze unserer Verzweiflung mit den teuersten Nährflüssigkeiten besprüht, die uns die Literaturchemie liefern konnte. Wir ließen es uns was kosten, den stachligen Dornbusch des Protestes mittels goldener Kolibris zu bestäuben, die wir, ohne nach dem Preis zu fragen, aus Südamerika, Vietnam und womöglich noch entlegeneren Gegenden importiert haben.

Unserer Jugend haben wir das giftige Kraut der Lebensverachtung schon schulisch verordnet und sogar unseren Säuglingen probeweise Dosen verpaßt. Das alles haben wir treu und bieder, in beinahe preußischer Pflichtbesessenheit ausgeführt.

Nur privat haben wir gerne weitergelacht.

Es war nicht einmal in der Öffentlichkeit verboten.

Nur wo Papier und Druckerschwärze im Spiel waren, da war's verpönt. Warum nur?
Zugegeben: das volle Recht, zu lachen, hat niemand von uns. Das volle Recht, zu lachen, haben wahrscheinlich schon Adam und Eva im Paradies verspielt. Trotzdem gehört es zu ihrem Erbe wie Dornen, Disteln und Schweiß im Angesicht.
Ich lache gern.
Ich habe einige Leute gekannt, die haben mich lachen gemacht, unter ihnen Frau Kellerhals. Von ihr möcht' ich erzählen.

Die Zeit, in der wir sie kennenlernten, war wahrlich eine Dornen-Distel-Zeit, eine Zeit voll Blut und Tränen.
Mein Bruder hatte im Krieg eine junge Rheinpfälzerin geheiratet, die, während er an der Front war, in ihrer linksrheinischen Heimat blieb. Aber als sich der westliche Kriegsschauplatz näherte, als die pausenlosen Luftangriffe dort auch schon die kleinsten Ortschaften zu verwüsten begannen, brach sie auf, um zu uns, zur Familie ihres Mannes, zu kommen. Wir lebten in Tirol. Die jungen Eheleute hatten sich in unserem Haus eine kleine Wohnung eingerichtet, die Frau erwartete ein Kind, so war es nur zu natürlich, daß sie bei uns Zuflucht suchte.
Aber die Flucht wollte ihr nicht gelingen.
Es war Dezember 1944, die junge Frau stand auf den zerbombten Bahnhöfen der winterlichen Städte und brachte es nicht fertig, in einen der Züge zu kommen, die südostwärts rollten. Die Züge waren zum Bersten überfüllt und wurden, wo sie sich leerten, sofort wieder von einer durch Angst und Schrecken aufgebrachten Menge gestürmt. Die junge Frau in ihrem der Schonung bedürftigen Zustand wurde zurückgestoßen und samt ihrem Gepäck beiseite

gedrängt. So ging es ihr einmal, zweimal, immer wieder; ohne Obdach und Nahrung, von Alarmen gescheucht, gab sie ihr Vorhaben endlich auf und kehrte in ihre Heimatgemeinde zurück.
Dort waren aber auch die Ihren im vollen Aufbruch begriffen. – Was, hieß es, jetzt bist du wieder hier, wo wir selbst auf Flucht gehen müssen? Wir dachten, du bist längst drüben und in Sicherheit! – Das war nun schlimm und sozusagen eine verzweifelte Lage: Bleiben und Gehen gleicherweise unmöglich. Die Zeit drängte, die Gefahr wuchs, aus dem benachbarten Bienwald grollten schon die Geschütze.
Da aber erschien, groß wie ein Grenadier, rundköpfig wie eine Katze, mit straff in einen Knoten gewundenem Haar, ihre stämmige Gestalt in breiten Hüften wiegend, Frau Kellerhals. Wer war sie? Irgendwer, eine Häuslerfrau, aus Schlesien gebürtig und durch die Ehe mit dem schmächtigen Nachtwächter des Dorfes Pfälzerin geworden, ehemals dienstbarer Geist in vornehmen Häusern, jetzt gelegentlich Aushilfe auf dem väterlichen Gut der jungen Frau. – Ich bring' Sie hinüber, sagte sie, das wäre doch gelacht.
– Aber wie wollen Sie dann selbst zurückkommen, Frau Kellerhals?
– Hach, das lassen Sie man nur meine Sorge sein!
Sie packte das Gepäck der jungen Frau und packte die junge Frau selbst und fuhr mit ihr los. Nun kam es freilich nicht mehr vor, daß ein Zug wegfuhr und sie hilflos auf dem Bahnsteig zurückblieben. Gewaltig wuchtete Frau Kellerhals Koffer und Körbe in den Wagen, wuchtete ihren Schützling nach, schwang sich zum Schluß noch selbst hinein, unbekümmert, ob sie wem dabei die Zehen zermalmte. Schimpfreden und Flüche wurden laut, sie kümmerten Frau Kellerhals nicht, sie boxte sich durch und

eroberte für ihre Herrin noch ein Sitzplätzchen in einem Abteil oder wenigstens auf der Kante eines Koffers. Immerhin dauerte auch diese Fahrt drei Tage in den Fährnissen und Zerstörungen jener Zeit. Eines Mittags, als wir bei Tisch saßen, schon in Unruhe, wo denn die längst angekündigte Schwägerin bliebe, öffnete sich die Tür, und Frau Kellerhals füllte den Rahmen: – Da sind wir, ließ sie sich triumphierend vernehmen, wir haben's geschafft.
Sie fuhr dann wieder ab. Aber als die Zeit herannahte, da das Kindchen zu erwarten war, siehe, da stellte sie sich wieder ein, die Schwerlötige, Unverzagte, die auch die zweite mörderische Fahrt nicht gescheut hatte, um zurechtzukommen. Freilich: dieses Mal hatte sie sich nicht mehr an Personenzüge halten können, in Lastzügen war sie gefahren, hatte sich geduckt, wenn der Himmel vom Flakfeuer bellte, hatte im nächsten Grabenloch überstanden, wenn in der Nähe Bomben barsten. Nun war sie da und blieb und kam eines Tages glückstrahlend zu uns herauf, in schneeweißer Schürze blitzend, die Hände in die Hüften gestemmt: – Guten Morgen, meine Herrschaften. Wir haben soeben eine Tochter geboren.

Das Kind brauchte Pflege, denn seine Mutter wurde nach der Geburt ernstlich krank. Es war nicht daran zu denken, daß Frau Kellerhals Urlaub nahm.
Die kleine, bislang immer noch vaterlose Familie wohnte in unserem Haus im unteren Stockwerk. Da hatte auch mein Mädchen ihr Zimmer, eine kleine, falsche, diebische Elster, der ich nur noch nicht auf die Schliche gekommen war, weil ich, aus längst überlebten Zuständen stammend und von Kindheit an zu törichter Vertrauensseligkeit erzogen, immer meinte, nur das Beste von den Mitmenschen glauben zu müssen. So hatte ich meine kleine Elster mit übertriebe-

ner Schonung behandelt, hatte manchen ihrer Fehltritte, ja manchen Unterschleif geflissentlich übersehen – zum Teil aus törichtem Zartgefühl, zum Teil aus Bequemlichkeit, wohl aber vor allem, weil ich bisher noch nie in die Lage gekommen war, mich meiner Haut ernstlich wehren zu müssen. Ganz anders Frau Kellerhals. Nicht nur, daß Zartgefühl für sie eine unbekannte Vokabel war. Sie hatte es sich wahrscheinlich auch niemals leisten können, ihre Mitmenschen – sich selbst zum Schaden – in den blauen Dunst eines unangebrachten Idealismus zu hüllen.

So geschah es eines Abends, daß aus dem unteren Stockwerk unseres Hauses ein wahrhaftig ungeheures Gebrüll ertönte.

Ich stürzte hinunter und fand Frau Kellerhals vor der versperrten Zimmertür meines Mädchens, mit einem dikken Prügel bewaffnet, in drohender Haltung. – Rosi! schrie sie. Vor Zorn und Empörung quollen ihr die Augen aus dem Kopf. Rosi, du hast mir meine Marken gestohlen. Gib sie her oder ich schlag' dich tot. Mit diesem Holzscheit schlag' ich dich tot, so wahr ich da stehe –

– Um Gottes willen, Frau Kellerhals, rief ich, irren Sie sich denn nicht? Vielleicht haben Sie die Marken verlegt oder verloren?

– Ach, was! Verlegt oder verloren, das gibt's nicht bei mir! Und wieder schwang sie den Prügel und brüllte die Drohung grausamen Totschlags ins Schlüsselloch. Hinter der Tür raschelte es ängstlich hin und her. – Hören Sie nur! Frau Kellerhals rüttelte an der knirschenden Klinke. – Butter hat sich das Luder gekauft und Wurst, ich hab' sie in den Laden gehen sehen. Da – jetzt rappelt sie mit dem Fleischerpapier! – Mach auf, da drinnen, willst du gleich aufmachen, du! Sonst schlag' ich dich mit dem Holzscheit tot.

Und richtig tat sich die Tür auf, und das Mädchen warf, kreidebleich und des Entsetzlichsten gewärtig, der Hereinbrausenden die zerschnitzelten Marken vor die Füße. Doch Frau Kellerhals hielt sich nicht mit dem Papierzeug auf. Mit einem Satz war sie bei dem Bett des Mädchens und angelte unter der Matratze ein Viertelpfündchen Butter hervor, mit einem zweiten Satz war sie beim Ofen und fischte aus dem schwarzen Feuerloch ein anderes Päckchen, die fragliche Wurst. Schnell waren dann auch die Marken aufgelegt, geglättet, gezählt, ihr geminderter Bestand mit dem Beutegut verglichen: – Hundert Gramm hast du schon verschlungen, Rosi, du Kreatur! Wer gibt mir meine hundert Gramm zurück? Und den Knüppel schwingend zog die siegreiche Kellerhals mit den Viktualien davon.

Frau Kellerhals bewährte sich aber nicht nur als Meisterin angedrohter oder auch vielleicht wirklicher Brachialgewalt, sie handhabte auch eine Art Dialektik, die mir erstaunlich fein und zugespitzt schien. Wäre es nicht eine Blasphemie, so würde ich ihre Dialektik sogar *brechtisch* nennen. Aber hören Sie zu:
Frau Kellerhals war, als sie noch unvermählt Helene Plaschke hieß, in Berlin bei einer russischen Emigrantin als Hausfaktotum angestellt. Die Dame war reich, reich und böse. Nebenbei war sie gelähmt – und vielleicht deshalb böse. Jedenfalls: Sie bedrohte Frau Kellerhals – pardon: Helene Plaschke – mit folgenden Tatbeständen:
Da war ein Service in ihrer weitläufigen Wohnung, ein Service von edelstem chinesischem Porzellan. – Wenn Sie mir etwas von diesem Service zerschlagen, so sprach sie, ziehe ich Ihnen den Wert von Ihrem Lohn ab. Jede Tasse ist fünfhundert Mark wert und die Kanne gar tausend. Helene Plaschke erblaßte, als sie diese Drohung vernahm. Gott

behüte, dachte sie bei sich, daß ich etwas von den Dingern zerschlage.
Ihr Gehalt war sehr klein. Dreißig Mark im Monat. Man rechne sich aus, was fünfhundert Mark Pönale für sie bedeutet hätten!
Eines Tages aber geschah das Unglück doch: Beim täglichen Abstauben des Salons geriet Helenens Schürzenband zu nah an die chinesische Pracht, eine Tasse stürzte, klirrte und lag in Scherben.
Entsetzen ergriff Helene. Sie sah sich vernichtet.
Im Augenblick jedoch war sie noch nicht entdeckt. Die böse, lahme Russin saß in einem anderen Zimmer. Sie kam nicht täglich in den Salon. Vielleicht konnte man die Tasse kleben – oder den Schaden sonst verbergen? In Helenens Kopf rotierten die Pläne.
Kleben ließ sich die Tasse nicht. Dazu war sie zu gründlich kaputtgegangen. Was sonst, was sonst?
Eine ganze Nacht lag Helene schlaflos. Gegen Morgen gebar sie einen Plan.
Die böse Russin wurde regelmäßig zum Masseur gefahren. So auch heute. Helene war allein. Jetzt mußte sie handeln. Sie nahm einen Besenstiel und begann die Decke über dem Tischchen zu bearbeiten, auf dem das ganze Service stand. Sie stieß in den Stuck und stieß und stieß. Es sollte ein Stück Plafond herunterfallen. Da Helene den kleinen Schaden nicht berappen konnte, so sollte ein größerer sie exkulpieren.
Die Decke war solide. Kein Stückchen brach ab. Helene stieß immer wieder. Endlich, endlich gab die Solide nach. Ein ganzes Viertel löste sich. Mit großem Krach und Klirren fiel es herab. Helene rettete sich mit einem Satz zur Seite. Das ganze Geschirr war zerschlagen.
Niemand verfiel auf den Gedanken, daß der Absturz einer

viertel Zimmerdecke das Werk Helenens sein konnte.
Da die Wohnung versichert war, sollte nun die Versicherung zahlen. Sie brachte einen Bausachverständigen an den Tatort. Er wunderte sich sehr, wie das geschehen konnte. Schließlich zuckte er die Achseln: – Es gibt Rätsel.
Helene hatte alle überrundet.

Was war doch Frau Kellerhals für eine tüchtige Wirtschafterin! Nicht nur, daß sie die Wohnung blitzblank sauberhielt, das Kindchen hütete, den Garten umgrub und bestellte, strickte, flickte und bügelte – sie hatte auch bemerkt, daß es im Haus an Holz fehlte, von Kohlen ganz zu schweigen. So machte sie sich auf, Holz herbeizuschaffen. Auch in unserer kleinen Stadt waren Bomben gefallen und hatten ein Viertel niedergelegt. Nun gab es viele, die ein paar Latten aus den Trümmerhaufen klaubten und Splitter zusammenlasen, um sich heute oder vielleicht auch morgen über ihnen eine Suppe zu kochen. Frau Kellerhals ging die Sache gründlicher an. Sie rüstete sich mit Schaufel und Pickel aus und drang in das Innere der Trümmerberge ein, sie wühlte sich wie ein Maulwurf durch Mörtel und Ziegelhalden, um feste Balken auszugraben und ganze Trame als Beute heimzufahren.
Jeden Tag rückte sie mit neuen Lasten an. Auch auf der Straße war ihr nichts zu gering, es mitzunehmen, sei es, daß ein anderer Holzsammler unachtsam ein Trumm verloren, sei es auch, daß eine etwas lose gewordene Zaunlatte dazu verführte, vollends abgelöst und mitgeschleift zu werden. Im Hof sägte und kliebte Frau Kellerhals die wilden Stücke zu handlichen Scheitchen, sie schichtete sie zu hölzernen Burgen – immer mit einem treuen Seitenblick auf das Körbchen hin: Das Kind sollte doch nicht frieren müssen im kommenden Winter.

Dazwischen rückte sie auch dem Hunger zu Leibe, und ich möchte fast sagen, sie weidete uns auf den frühlingsgrün sprießenden Wiesen; denn was wir nicht gelernt hatten, lehrte sie uns: Sie lehrte uns, auf freiem Feld ein wenig Nahrung zu finden, Gänsezungen rupfen und Wegerich stechen, die junge Brennessel zu mildem Spinat und das zackige Löwenzahnblatt zu bitterpikantem Salat lesen. So kläubelten wir nun, unter Frau Kellerhalsens Vorantritt, selbst beinahe wie Gänse im Grünzeug herum und lernten die Schnäbel, die wir bislang wohl ein wenig zu hoch getragen hatten, demütig hinabsenken zu Mutter Erde, damit sie uns nähre, wenn auch nur mit den unscheinbarsten Kindern ihrer Flora.
Im Sommer, viele Wochen nach Kriegsende, nachdem die junge Frau genesen und auch ihr Mann, unser Bruder, glücklich heimgekehrt war, fand Frau Kellerhals, daß sie nun entbehrlich geworden sei, und sie wollte nach Hause zurück. Sie hatte die ganze Zeit nichts mehr von ihrem Nachtwächter und nichts mehr von ihrem Dorf gehört, und oft dachte sie an ihr Häuschen in der Pfalz, an dem ihr Herz hing. – Wenn es nur noch steht! ließ sich die Schwägerin sorgenvoll vernehmen: Soviel war ja gewiß, die Gegend dort am Bienwald war lange umkämpft gewesen.
– Wenn mein Haus hin ist, bring' ich mich um, erwiderte die Resolute. Aber heim komm' ich, da mag es gehen, wie es will, und müßte ich durch die Bach schwimmen. *Die Bach* – so nannte Frau Kellerhals den Rhein.
Nein, durch die Bach mußte Frau Kellerhals nicht schwimmen, doch ihr Häuschen fand sie wirklich zerstört, bis auf die Grundmauern niedergebrannt. Alles, was ihr lieb und teuer gewesen, was sie sich binnen dreißig Jahren mit ihrer Hände Arbeit erworben hatte, war dahin. Das mag ein schlimmer Tag gewesen sein für die arme Frau, als sie die

Bescherung vorfand, dennoch brachte sie sich nicht um, wie sie kategorisch versichert hatte, keineswegs brachte sie sich um. Ganz im Gegenteil. Denn – jetzt erst im Rückblick wird es klar – jetzt brach die große Zeit an für Menschen Kellerhalsscher Art, die große Zeit für *Kellerhälse.* Wie eine Springflut ging das allgemeinste Ungemach über das ganze Land, in eine wirbelnde Wasserwüste schien das Dasein verwandelt. Da wurde weggeschwemmt, was zart und zerbrechlich war, da konnte nur rudern und sich oben halten, was starke Arme hatte, und die Kellerhälse hatten starke Arme. Aller bürgerlichen Konvention entbunden, ganz allein auf sich gestellt, auf ihren unverzagten, zähen Hausverstand verwiesen, kämpften sie sich durch die Fluten, schlugen sich durch Not und Gefahr und fanden allemal noch Zeit, zu einem grimmigen Lachen, mit dem sie sich's selbst bestätigten, daß sie wieder ein Abenteuer hinter sich gebracht, wieder einen Streich geliefert, wieder eine Klippe umschifft und irgendeins ihrer Schäflein ins trockene gebracht hatten.

Gefahr und Abenteuer waren, wie es scheint, Frau Kellerhalsen zum Bedürfnis, ja geradezu zur zweiten Natur geworden. Und Gefahr und Abenteuer bestand sie nicht nur für sich, sondern, wie wir gesehen, gern auch für andere. So ließ sie sich von Bekannten anheuern, eine gelähmte Großmutter, die die Kriegsschicksale unglücklicherweise aus der Pfalz nach Berlin verschlagen hatten, aus der vielfach zernierten Stadt herauszuholen und über alle Zonen- und Ländergrenzen den Ihren wiederzubringen. Das war damals ein beinahe aussichtsloses Beginnen, und keiner der Söhne oder Enkel der alten Frau hätte sich darangewagt. Frau Kellerhals wagte sich daran. Mit allerlei Täuschelware im Sack machte sie sich auf den Weg, denn ohne Täuschelware

war in jenen Jahren nicht einmal eine lahme Großmutter zu erreichen, geschweige denn, durch hundert Kontrollen und Schlagbäume durchzuschmuggeln. Die Geschichte dieser Fahrt ist sehr schön und könnte es aufnehmen mit mancher berühmten Anabasis. Einmal hatte man der Kellerhalsen schon den Sack abgenommen, sie aber schwang sich, als sie das kostbare Täuschelgut im Zöllnerwagen davonrollen sah, hintenauf, drang zu ihrem Sack vor, warf ihn aus dem Fenster und sprang hinterdrein. In Berlin trug sie die lahme Großmutter von Niederschönweide bis Wilmersdorf, packte sie dann von Zug zu Zug, hungernd, frierend, in endlosen Stationen aufgehalten, verhaftet und in den Kotter gesperrt. Wieder freigekommen, stöberte sie die Großmutter in einem Flüchtlingslager auf, wohin der Arm einer uneinsichtigen Obrigkeit sie gesteckt hatte, und landete schließlich mit ihr, auf einem Kohlentender thronend, schwarz beide wie die Mohren, doch glücklich in der pfälzischen Heimat.

Doch das verwegenste Abenteuer bestand Frau Kellerhals, geborene Plaschke, um ihres Küchenschrankes willen. Ihr alter Küchenschrank war nämlich, als die Granate das Häuschen in Brand gesetzt hatte, mit allem anderen zusammen verbrannt. Nun aber hielt, ohne Küchenschrank zu leben, Frau Kellerhals für eine unerträgliche Schmach, für einen unzumutbaren Zustand. Sie hatte einen Bruder im Thüringischen, der Tischlermeister war und ihr versprach, ein Küchenmöbel zu bauen. Indessen war Thüringen russische Besatzungszone geworden, Stacheldraht schied hüben und drüben, vermint waren die Wälder, über Kahlschlägen und Schneisen wachten Maschinengewehre. Fast täglich spielten sich hier blutige Tragödien ab. So lagen die Dinge, als Frau Kellerhalsens Bruder den Küchenschrank fertig hatte.

– Helene, ich will nicht wissen, was du damit tust, sagte er.
– Brauchst du auch nicht, erwiderte sie. Das Schränkchen da wird mir auch nicht den Hals brechen.
Sie lud das Möbel auf einen Leiterwagen und ratterte los. Nahe der Zonengrenze lud sie ab, verstaute den Schrank im Gebüsch, brachte den Leiterwagen zurück und wartete, bis es finster wurde. Dann ging sie hin, huckte sich den dreiteiligen Schrank auf den Buckel und schickte sich an, den Wald zu durchqueren. Nun sei es allerdings schauerlich gewesen, erzählte sie später, wie die Zweige unter ihrem Gewicht geknackt, wie das Laub geraschelt hatte. Glühten nicht hier ein Paar Augen aus dem Dickicht? Hob sich nicht dort die Mündung eines Gewehrs?
Vielleicht hatte sie längst ein Posten erblickt, wie sie unter ihrer unförmigen Last dahinkeuchte, eine gräßliche Ungestalt im schummrigen Waldesdunkel, und vielleicht hatte sich der Posten selbst ängstlich geduckt und – in einer abergläubischen Anwandlung seiner östlichen Seele – die Erscheinung an sich vorüberziehen lassen.
Unbehindert kam die Kellerhalsen drüben an. Heil brachte sie den Küchenschrank hinüber, den hölzernen Herzenstrost, für den Kopf und Kragen zu riskieren sie sich nicht gescheut hatte.

Bald hatte Frau Kellerhals nicht nur Schrank und Bett, sondern auch ein neues Häuschen auf demselben Platz, wo das alte gestanden hatte, und es war weit schöner und um vieles komfortabler als das erste. Sie wohnte darin mit ihrem Mann Wilhelm, dem Nachtwächter, und plagte sich weiter – Jahr für Jahr. Denn Küchenschrank und Bett und Haus waren ja nur der Anfang gewesen in Frau Kellerhalsens neuem Leben. Andere Dinge folgten, an die sie früher nicht einmal im Traum gedacht hätte: ein Radio, ein

Eisschrank, eine Waschmaschine, ein Küchenboy, ein „Glotzophon". Dann eine Hausbar, ein elektrischer Rasenmäher, ein Teewagen, ein Kamin mit Knopfdruckfeuerschein. – Nicht daß Frau Kellerhals dieser Dinge wirklich bedurft hätte, die meisten ließ sie auch unbenützt herumstehen das ganze Jahr. Doch die Nachbarn hatten derlei gekauft und in ihrem Haus montiert, und das war unerträglich anzusehen und nicht desgleichen zu haben oder womöglich noch mehr. So mußte man kaufen – und schaffen, damit man wieder kaufen konnte, das war doch klar!
Frau Kellerhals wurde krank, aber sie erlaubte es sich nicht, krank zu sein, sie raffte sich auf, biß die Zähne zusammen und schaffte weiter.
Da, eines Tages, starb Wilhelm, der Nachtwächter. Frau Kellerhals atmete auf: Gott hab ihn selig. – Aber er hatte ihr nie sehr treulich zur Seite gestanden in ihrem Kampf um Wohlstand und Ansehen, nein, er hatte sie immer nur allein schuften lassen, hatte lieber seinen eigenen Vergnügungen nachgehangen bei Flasche und Kartenspiel.
Nun aber war Frau Kellerhals endlich imstande, etwas anzuschaffen, was die Nachbarn noch nicht angeschafft hatten, denn die Nachbarfamilie hatte schon lange keinen Trauerfall mehr gehabt. Jetzt wollte es ihnen Frau Kellerhals zeigen, daß sie ihnen wenigstens in *einem* Punkt voraus und überlegen war.
Sie ging zum Steinmetz und kaufte einen Marmor, ein prächtiges Stück, rundum glänzend poliert, mit einem weinenden Ölbergjesus in Schleifgravur; sie ließ den Stein mit goldener Schrift versehen und auf Wilhelms Grab pflanzen.
– Ja, können Sie sich denn das leisten, Frau Kellerhals? fragte man bewundernd. – Ich schon! sagte sie stolz wie eh und je. Hab' doch mein Lebtag lang geschafft. – Und engsten

Freunden vertraute sie an: Eine schöne Summe habe sie zurückgelegt mit Wilhelm zusammen, so brauche sie sich nicht lumpen lassen, auch nicht in alten Tagen, sie habe vorgesorgt.
Eine Weile plagte sich Frau Kellerhals noch weiter. Dann war es auch für sie genug.
Sie ging zur Bank und wollte sich ausheben lassen, wieviel sich da gesammelt habe auf ihrem Sparbuch mit Zins und Zinseszinsen.
Nun aber geschah etwas Schlimmes, und ich bin froh, daß ich's nicht miterlebte. *Nichts* hatte sich angesammelt und aufgestockt, nur ein schäbiges Restchen geisterte noch herum auf dem abgeräumten Konto, denn Wilhelm, der Nachtwächter, hatte alles schon abgeholt, hatte sich's ausbezahlen lassen, das Bitterersparte und Zusammengerakkerte, er hatte es verjubelt in schlechter Gesellschaft.
Wie konnte man ihm das heimzahlen?
Kein Besen erreichte ihn mehr, kein noch so gezielt geschleuderter Kochtopf. Nur noch der Stein – ja, der Stein! –, den konnte sie ihm überm Kopf weg verkaufen.
Gedacht, getan. Wieder graute ein Morgen über verzweifeltem Entschluß. Frau Kellerhals ging und verschacherte den Marmorblock, das Ehrenmal des Ehrlosen, und ließ ihn fortschaffen, so rasch es ging. Der Steinmetz mußte den Namen Kellerhals wegspitzen und sein Andenken löschen. So geschah es, und das Grab blieb nackt und leer, ein armseliger Hügel, zurück.
Leider hatte sich Frau Kellerhals mit diesem Racheakt selbst betrogen. Denn – sei es, daß ihr ohnehin schon angeknackstes Herz durch die letzten Aufregungen weiteren Schaden erlitten hatte, sei es, daß ihre Uhr ohnehin abgelaufen war, sie starb kurz darauf und wurde, weil sie zu einer neuen Regelung keine Zeit mehr gefunden, an Wilhelms Seite

beigesetzt. Man rammte ihr ein hölzernes Kreuz in den Hügel, wie das üblich ist bei jeder Bestattung. Niemand sorgte dafür, daß es später durch einen Stein ersetzt wurde, niemand kümmerte sich um das Grab. Die Leute, die Frau Kellerhals beerbt hatten, ließen sich nie blicken.

Das Haus wurde verkauft, alle die kostbaren Dinge darin verramscht, von der Hausbar bis zum Knopfdruckkaminfeuer, das hölzerne Kreuz auf dem Grab ist auch schon nahe daran, das Zeitliche zu segnen und – zu zwei weißlichen Latten vermorscht – ins Unkraut zu sinken. Dann wird niemand mehr wissen, wo die Tüchtige ruht, niemand wird noch ihrer gedenken, die Heldensage der Kellerhalsen wird verklingen.

So traurig enden auch die heiteren Geschichten heutzutage. Sie kommen nicht auf gegen die Weltzeit der Bitternisse und machen sich beschämt aus dem Staub.

Die 12 Illustrationen dieses Buches entstammen den 1909 bis 1914 herausgegebenen „Monatsheften" des österreichischen Künstlers Franz von Zülow. Diese Hefte sind eine Reihe von kolorierten Originalzeichnungen oder Handdrucken in der Technik des Papierschnittschablonendrukkes. Der Künstler übertrug dabei nach einem Entwurfmuster die Motive mit Bleistift auf Packpapier, kolorierte sie anschließend mit Deckfarben oder in Aquarelltechnik und überarbeitete die Konturen mit Tusche.
Franz von Zülow wurde am 15. März 1883 in Wien geboren. Er studierte an der Wiener Akademie der bildenden Künste und an der Kunstgewerbeschule (u. a. bei Felician von Myrbach und Carl Otto Czeschka). Ab 1908 war Zülow Mitglied der Secession und arbeitete auch für die „Wiener Werkstätte". Zülow beschäftigte sich vor allem mit der Ausgestaltung von Keramik und Porzellan, Textilien, Möbeln etc., Lithographie und Wandmalerei. 1920 bis 1922 lehrte er an den keramischen Werkstätten Schleiß bei Gmunden, ab 1949 an der Kunstschule Linz. 1950 erhielt er den Titel eines Professors h. c. Franz von Zülow starb am 26. Februar 1963 in Wien.